高原小镇

驰子 著

敦煌文艺出版社

图书在版编目（CIP）数据

高原小镇 /驰子著. -- 兰州 ： 敦煌文艺出版社，
2020.6（2021.8重印）
　ISBN 978-7-5468-1900-6

Ⅰ.①高… Ⅱ.①驰… Ⅲ.①诗歌－中国－当代
Ⅳ.①I227

中国版本图书馆CIP数据核字(2020)第086848号

高原小镇
驰子　著

责任编辑：罗如琪
封面设计：孟孜铭
书名题写：杨剑锋

敦煌文艺出版社出版、发行
地址：（730030）兰州市城关区曹家巷1号新闻出版大厦
邮箱：dunhuangwenyi1958@163.com
0931-8159371（编辑部）
0931-8120135（发行部）

三河市嵩川印刷有限公司印刷
开本 880 毫米 ×1230 毫米 1/32 印张 7 插页 2 字数 180 千
2020 年 7 月第 1 版　2021 年 8 月第 2 次印刷
印数　4001~6 000 册

ISBN 978-7-5468-1900-6
定价：42.00 元

如发现印装质量问题，影响阅读，请与印刷厂联系调换。

本书所有内容经作者同意授权，并许可使用。
未经同意，不得以任何形式复制转载。

写出自己品味到的滋味

王若冰

进入新世纪第一个十年中后期,陇南诗歌已经具备了被省内外诗歌界共同关注的实力。这实力的具体表现就是一批有个性、有才情、有追求的诗人纷叠涌现,并以自己独具文本范式的作品引起诗坛瞩目,驰子就是其中之一。不过,虽然注意到驰子的诗已经很久,但和近在咫尺的诗人驰子见面却是几年前的事。

大约是在2015年前后,我开车到兰州返回时张晨提出和我一块去礼县,看望已经在礼县主政多年的老同学方新生,于是驾车从刚刚通车的洛礼公路到了礼县。也就是那次在礼县,我才知道驰子原名马驰,刚从乡镇调回县城,担任县委宣传部副部长。他不仅长期在乡镇工作,当过乡长、镇党委书记。

在甘肃大地,礼县是一个有着悠久诗歌传统的地方。这不仅由于历史上和天水血脉相连的西汉水上游是秦人最初的家园,《诗经·秦风》里许多反映秦人早期征战创业、浴血奋战的作品就诞生于天水、礼县一带,还因为古老的礼县大地20世纪50年代走出过一位具有全国影响的农民诗人刘志清,20世纪六七十年代新民歌运动期间诞生于礼县的"甘山歌谣"一度影响波及全国。所以从刘志清时代开始到王五星、廖五洲、包苞、驰子,礼县诗人的创作与生俱来就有着对现实人生倾情关注、对芸芸众生充满悲悯情怀的中国诗歌传统天然认知和传承。

品读驰子即将出版的诗集《高原小镇》,我不仅对驰子在诸如"三个人在低头絮语／四个人在相互敬烟／七个人在东张西望"(《接驾嘴》)"儿子和老汉,一个去山东凿隧洞／一个去天水建大楼／她和儿媳妇带着两个小孙子,看护／八十四岁的老太太／唯一的愿望就是,把上山的路修通"(《茨青村的下午》)一类表述中,所呈现的对白居易"文章合为时而著,歌诗合为事而作",以及五四新文化运动期间茅盾、周作人、叶圣陶所倡导的"为人生的文学"的优秀诗歌传统品质的体认与实践感到欣喜,更为在当代中国诗坛愈来愈多的诗人、越来越远离时代与现实的人间烟火、远离真实而真诚的生活体验与人生体悟，甚至远离诗人个体精神、情感与灵魂体验与认知的背景下，驰子依然能够对他天天经历的，如：只能长土豆的宋山村（《村长说，宋山村只能长土豆》）、只有十三个学生的川地小学（《十三个学生一堂课》）、一言不发的道长老何（《祁山堡速写》）一样荒芜琐碎、真实地近乎习以为常的现世生活保持敏锐的知觉和真诚的言说感到欣慰。

"二狗娘去世了。小勇妈回来了／从北京／带了一张自动升降的床／翻身、喂饭、换尿不湿"（《这些年·雪》）"咯嘣、咯嘣……／虱子破裂的声音，回荡在／一九五八年空荡荡的晌午"（《饥饿喂养的虱子，想不起来长什么样》）尽管面对这样真切地令人滋味难辨的痛彻表述，再平静的心也会引发起情不自禁地震颤与阵痛，然而唯其如此，我才觉得驰子和他的诗歌恰到好处地行走在了一条"言为心声，行为表出"的诗歌创作正途。"山鸡野兔还有野猪，开始多起来／土豆苞谷胡麻逐渐躲出了马家崖／喊了几千年的崖娃娃／都以北漂。跑遍前山后山的媒婆／被日趋渐长的彩礼捆住了腿"。（《马家崖》）

诗歌与时代、现实、生活以及诗歌与诗人自身的灵魂、情感、精神之间的关系，依然是当代中国诗歌急需解决的问题。原因很明确，诗歌与诗人与当下生活及读者所渴望的精神情感背离，让当代中国诗歌在一条孤芳自赏、无关痛痒、哗众取宠、只有躯壳没有灵魂的歧途上愈走愈远。不能真切表达人所共有的欢乐与忧伤，遮蔽甚至逃避对社会生活本相的体验与认知，已经成为当代诗歌越来越远离读者、远离生活现场的最大诟病。于是，我们所读到的不少诗歌只有异想天开的一己私情，不见与当下生活共鸣共振的悲悯情怀；更多的诗歌只描摹光怪陆离的生活表象，不见诗人本体对当下生活的真诚介入和深刻思考;隔岸观火般与诗人自身生活、精神、灵魂毫无关联的分行文字滥觞，越积越厚的淤泥般隔阻了当代诗歌与当下生活的气血滋养，也愈来愈严重地阻碍了当下诗人对当代生活本相和精神气象的抒写与表达。

好在这些年来一直都处在当代乡村生活现场的驰子和他的诗歌，原本就是汲取礼县大地生活汁液、泥土芬芳、万物性灵，饱受尚处在传统农耕文化向现代农业文明嬗变过程中的农村世相、社会风物和百般滋味滋润的产物，所以，无可置疑地面对自己天天都要面临的乡村及乡镇生活本体，抒写自己品味到的生活滋味与真相，于驰子来说便是一种自然而然、顺理成章的事。"暗访组交办的问题／整改了／湾里村、崖上村的水龙头／一打开，水是那么有春意"（《雪融化的剩不多了》），"摩托车，一旦取名乡镇干部／再苦，也得加把油／再累，也得加把油"（《摩托车》），"腰椎间盘日渐突出／缠访闹访一路畅通。就像有些人／死了，却永远活在镇政府的保险柜里"（《吃空饷是多么美好的事儿》）。未见驰子前读这样的诗，我就震惊于有一位叫驰子的诗人对当代乡村和乡镇生活的真切了解与切肤入骨的真实书写。见过驰子后我才知道真名马驰的驰子不仅生在农村、长在农村，大学毕业后曾长期在乡镇工作，当过乡镇干部，也当过乡镇长和乡镇党委书记。

尽管驰子说他写诗受他中学时期语文老师、以故诗人廖五洲影响，但从他诸如"枯黄的冬阳。一个吹胀的猪尿浮／挂在昨夜的树枝／土里土气的祁山小镇，怀揣寒意／擦拭，内心的尘"（《雪或者祁山堡》）"喝醉了好啊，醉了／我的土地，除了生长养活人的庄稼／还生长童年的小麻雀和少年的小指环"（《与一支狗尾草对饮》）表达可以看出，是对多少年来和他一刻都不曾远离的乡村生活百味杂陈的感知与感受，让驰子开始了情不自禁地言说与表达；是他所认知的当代中国西部乡村深处时代变革晨昏交替之际的眩晕、阵痛、迷惘、混沌，让驰子拥有了与众多当代中国乡村变革不知就里的遥望者迥然相异的抒写与表达。

"顺着老李媳妇手指的方向／两头猪在细雨中啃食着草根／一头羊在草甸上望着远方／她说，女儿出嫁了儿子是大厨／但一分钱没有拿回家／家里就我们三个人，给不给都行／只要早点领回一个儿媳妇就行"（《老李》）对乡村生活的熟稔和深切理会，给予驰子的不仅仅是俯拾皆是、真实感人的诗歌本身，更有弥漫于《高原小镇》每首诗之间的那种诗人合一、真情淋漓，及关注现实生活真相又充满悲天悯人情感意识的诗歌文本。

人是生活的本体，也是艺术创造的主体。美国著名符号美学家苏珊·朗格在谈论诗歌与现实的关系时说："每件优秀的艺术品，都具有可以说是源自世界的因素，以及透露艺术家抱有何种情感的因素。"追根溯源，诗人、艺术家本身是获取苏珊·朗格所说的"世界的因素"和艺术家的情感因素最核心、最关键，也是唯一可靠的因素。因此，作为诗人或者艺术家要获取可以帮助其创造出"有意味的形式"的诗歌作品或艺术品，诗人（艺术家）个体精神与情感和世界本体的相容相汇、相互映照是唯一可行之道。截至目前，我尚不能说驰子在诗歌艺术上已经抵达了多高的境地，但从《高原小镇》所呈现的诗歌文本可以看出，由于作者始终坚守在一条通过表达自己的真实感受，映现他所体味到的生活真相的道路上，《高原小镇》所呈现的虽然琐碎庸常、苦涩艰辛，甚至慌乱混杂的乡镇和乡村生活，才是我们正在经历着的中国乡村与乡镇生活的现实情状和正在发生着的中国乡村巨变的真实历史。

"易地搬迁项目实施，村庄的年轻人都搬走了／搬不动的是这些老房子／搬回来的是这几个老人／村长或帮扶队员，隔几天就上山来／带来镇政府的叮嘱，带走老房子的叹息……"（《村庄真的老了》）同样写变革中的传统中国乡村，驰子表达的则是新旧之变在不同人情感上的不同反应；"从龙林村南山出发，绕到十一盘／从春天就走到了冬天／山顶的上具村，雪安静地晒着暖阳／五村连片供水工程／显示器，只显示着四个村供水正常／拖欠水费的底沟村／村长低着头，一个劲儿地抽烟"（《阳光懒散地覆盖在春天的土地上》）由于遵守了客观映现诗人自己真实感受原则，驰子笔下变革中的乡村虽然依然弥漫着艰辛与微苦，却真实可信。更多的时候，驰子不仅是他所熟悉的变革中的乡村生活的亲历作者和参与者，也是他诗歌所呈现的生活故事与细节的在场者。

"我要将每一棵行道树涂白/让它们粉嘟嘟地排列在那里/还有满天飞舞的废纸塑料袋/打着口哨的饮料瓶/刷子、生石灰、小水桶，还有我的队员/正在卖力地忙乎着"（《露出半张脸的行道树》）"疏花，还有最后的霜期/疏果，还有低低的风/这是西汉水两岸最难掌控的部分"（《地处的风》）由于在场，即便是在描写祁山堡周围涣散、闲适、慢节奏时光里乡里人了无意趣靠"吐烟圈""数汽车""眯着眼"瞅远方打发光阴的《有冬阳的午后》《别吱声》《祁山堡速写》里，我们还是能够从"道长老何"身后看到诗人摇曳不定的影子；至于面对"她是温暖的。今冬，她的小孙子/到镇政府上班了，大孙子/准备结婚。她说/不吃政府的低保了，不吃了"（《这个幸福的人》）的描述，我们不仅可以确定无疑地感受到由于作者与"李那村"七十八岁的老太太的同时在场，才诞生并构成了这首诗，同时还可以从这首诗里确认作者的身份是一位乡镇干部；由于在场，在阅读类似"从王坝镇翻过这座山，就是三峪乡了／三峪乡不大，五千四百多人／对于乡政府的干部，对于2020年如期脱贫／就不敢说小了。贫困面全覆盖／贫困率发生高啊／我身后的弟兄，还没有翻过山呢／脸色和心情，比今天的天气还低沉"（《去三峪》）"尹坝，作为一个村庄／边缘、麻木、无可救药／一直疼在我的身体里"（《我应该喊他什么》）"整整一个下午，偌大的一个院子／村民们围着村长和几个城里人，反复讨论／宋山村的海拔宋山村的霜期／宋山村的降雨量宋山村土质的盐碱度／还有大黄、杜仲、黄芪的药性／等太阳下山之后，村长伸了伸酸痛的腰／挥了挥手说：还是把苞谷土豆管好"（《村长说：宋山只长土豆》）作品时，我们面前不仅会浮现出作者作为一位诗人和一位奔走于脱贫攻坚一线的县乡领导干部的身影，从那种类似白描或写真的描述中，我们还可以明晰地感受到作者和这片土地血肉相容、与深处变革大潮中的村民惺惺相惜的朴素情愫。这就让我更加深信，生活与艺术之间的关系其实就是一种相互启发、相互渗透、相互包容的关系。这种包容与启迪的关系尤为重要的一点，不仅需要作家、诗人、艺术家怀有一颗赤诚之心看待生活，更需要作者能够以一种自然、平行、平等的心态介入、参与、体认现实生活的本质与底蕴。

《高原小镇》和驰子的写作正是这样一种讲求真实、真诚、真性情写作态度的结果。尽管从诗歌本体意义上来说，驰子和他的《高原小镇》所试图实现的以自己真切体味映现生活、结构诗歌的探索，尚处在一种成长期，但作为读者，我坚信只要有足够的信念和勇气坚守并持续探索，驰子一定能够在他的"高原小镇"创造出一番别样的景致的。

2019年10月6日于天水城南

王若冰：作家、诗人、秦岭文化学者。甘肃省文化宣传系统"四个一批"人才。中国作家协会会员、甘肃文学院特邀评论家、天水市文联副主席、天水市作协副主席、《天水日报社》副总编，陕西省旅游文化顾问、西安电子科技大学终南文化书院文化顾问。2004年完成对绵延中国内陆1600多公里的秦岭山脉的文化考察，力倡"秦岭文化"和"秦岭是中华民族父亲山"概念。2011年完成对渭河流域的文化考察。

目　录

第一辑：低处的风

祁山堡或者桃花 / 003

在祁山古镇 / 004

祁山堡记忆 / 005

雪或者祁山堡 / 006

答友人 / 007

蹲守，依然在祁山 / 008

有冬阳的午后 / 009

别吱声 / 010

祁山堡速写 / 011

接驾嘴 / 012

一朵云走过盐官大地 / 013

月 / 014

昨天，去看一位老中医 / 015

祁山堡与子书　/　018

露出半张脸的行道树　/　019

耐心就着一支香烟　/　021

回答　/　023

小镇，煎油饼的女人　/　024

吃空饷是多么美好的事儿　/　025

一个失忆的人，在大街上自言自语　/　027

摩托车　/　028

黄昏　/　029

此刻　/　030

等待冬天　/　032

在祁山梁峁　/　033

秋，确实没有凉　/　034

秋，是一场细雨　/　035

低处的风　/　036

这一刻　/　037

这个时候　/　038

秋天，定植一株苹果树　/　039

深秋　/　041

秋色　/　042

第二辑：在高原

高原小镇（组诗）

这个幸福的人 / 045

茨青村的下午 / 046

雪融化的剩不多了 / 047

高原小镇 / 048

在堇山，遇见苹果花 / 049

去三峪 / 050

在固城，一切都必须慢下来 / 051

与草坪书兼致强波 / 053

在巨坪村 / 054

阳光懒散地覆盖在春天的土地上 / 056

我应该喊他什么 / 057

老李 / 058

村庄真的老了 / 059

这家的娃是孝子 / 060

过草坪 / 061

这些柜子，是幸福的 / 062

草山，草山 / 063

行走在云雾里的大关村 / 064

在弋家村 / 066

他心里留着一个人 / 067

五保户王松世 / 068

杀莽河谷里的蒿草 / 069

裸露在杀蟒河谷里的引水管 / 070

闲置在村庄里的水龙头 / 071

窄窄的峡 / 073

秋雨里 / 074

去花坪 / 075

歇马店或者贫困户 / 076

肖家村已经结霜 / 078

在农家 / 079

光棍汉 / 080

去三峪 / 081

在三峪 / 083

宋山村笔记（组诗）

她说，那个娼妇再也没有回来 / 085

村长说，宋山只长土豆 / 086

他说，只搭一针 / 087

佛说，一切没有捷径 / 088

虎虎，不言不语 / 089

怀揣野性的欲（组诗）

　　小瀑布，摇摇晃晃的凉 / 091

　　秋色，怀揣野性的欲 / 092

　　野蘑菇，说黑就黑了 / 092

　　核桃，按个头编成号 / 092

　　天价彩礼 / 093

　　在枝头 / 093

　　与明月书 / 094

走访，在下坝村的冬日暖阳里（组诗）

　　在冬日暖阳里 / 095

　　鹅卵石 / 096

　　老磨坊 / 096

　　家 / 097

　　他在不停的鼓掌 / 098

　　在下坝村小学 / 099

　　冬天，死气沉沉的那抹黄 / 100

十三个学生一堂课（组诗）

　　川地小学仅仅是一个符号 / 101

　　十三个学生一堂课 / 102

房檐下的那个电铃，就是麻雀的避风台 / 104

　　速写，小村幼儿园 / 105

　　阿西娅 / 106

水殇（组诗）

　　炸窝了 / 108

　　年老的尾矿库溃坝了 / 109

　　找不到回家的路 / 109

　　挽救良知的河床 / 110

　　时间就是生命 / 111

第三辑：这些年

这些年（组诗）

　　炕大着呢 / 115

　　父亲哭了 / 116

　　那一刻 / 117

　　那些风干了掉下来的树枝 / 118

　　雪 / 119

　　父亲，给那弯新月上了锁 / 121

　　坨坨 / 121

　　磨刀的声音 / 123

　　三哥 / 124

清明，祭母帖（组诗）

　　一地火苗在飞　/　126

　　在墓地　/　127

　　青黄不接的春天　/　127

　　我们是幸福的　/　128

　　父亲真的很老了　/　129

　　五月，藁子花开　/　130

　　麦子抽穗了，母亲　/　131

年关，上街的父亲（组诗）

　　除夕　/　133

　　年初一　/　134

　　年初二　/　135

　　中秋，家事　/　136

马家崖及其它（组诗）

　　老水泉　/　138

　　黄家山　/　139

　　李家台　/　139

　　马家大地　/　140

　　在谢家湾　/　140

　　马家崖　/　141

老时光（组诗）

　　老年画 / 143

　　老水渠 / 144

　　老时光 / 145

　　老房子 / 146

　　奶奶走在秋天的山坡上 / 147

　　饥饿喂养的虱子，想不起长什么样 / 148

　　午夜书 / 150

第四辑：在小村

与乙未年书 / 155

在高原 / 157

背朝草原 / 158

芭蕉叶下 / 160

与一株狗尾草对饮 / 161

与荷书 / 163

墙 / 164

秋景 / 166

燕子 / 167

玫瑰 / 169

君子兰 / 170

一枚红叶的十月　/　172

船或者渡口　/　173

手掌状的叶子在十月燃烧　/　174

在西山　/　176

雨季时让眼睛入眠　/　177

醒来　/　179

秋天的叶子　/　181

静静的黄河　/　182

小城的月亮　/　184

烟囱　/　185

给一个伤者寻找良方　/　186

遗书　/　187

梦或者一场车祸　/　188

风渡船，那年事　/　189

五月　/　190

幸福　/　191

在小村　/　192

与弟书　/　193

一切安好　/　194

低处的风

第一辑

千年的历史,打开
是祁山堡的春天
合上,是春天的祁山堡

祁山堡或者桃花

春天都会开一次,与后来之人
谋一次面

糯米汤汁夯筑的堡子墙与堡垛
已看不清它的本来面目
后来粉饰上去的水泥砂浆,告诉后来人

历史可以修改。斑驳的沧桑
说是去年的痕迹,这一枝桃花
全是今年的春天

在老堡墙与新城垛之间
这枝桃花,可以等待千年

千年的历史。打开
是祁山堡的春天
合上是春天的祁山堡

>   2016 年 4 月 1 日

在祁山古镇

从上马石到点将台,从观阵堡到练兵场
祁山堡瞅着西汉水。一亩三分地

是一柄羽扇,摇与不摇
悠悠西汉水依然消瘦

是一条青石小径,千年古柏
夕阳依然红

是一艘战舰,白帝城的重托
依然在战舰外

是一件血腥的战袍,被岁月干洗
依然透着主人的暮气

祁山堡,祁山堡今晚咋就喝高了
跌进了西汉水

2014 年 3 月 15 日

祁山堡记忆

没有什么比大雪中的祁山堡更酷的了
一杯酒就醉了一座山
一片雪花就滋润了一个人

一个小孩用遥控器轻轻一按
蜀魏争霸就开始了
而祁山堡还枕着一片雪花熟睡

一个骑马的来攻打一个坐战车的
一个坐战车的来攻打一个骑马的

祁山堡还是祁山堡
只是一个符号一个记忆

一位老人一把羽扇
一棵皂角树

2013 年 1 月 5 日

雪或者祁山堡

晚间新闻播出之后,祁山堡
依然两眼墨黑。天一亮
犹如谁家的老妪,把面粉落在了发梢

从镇政府三楼看过去
它更像一个偷窥者。极尽可能
想知道镇政府内心的事儿

枯黄的冬阳。一个吹胀的猪尿脬
挂在昨夜的树枝
土里土气的祁山小镇,怀揣寒意
擦拭,内心的尘

2018 年 11 月 4 日

答友人

多年以前的期待
依然捏在手心依然回复给你
依然在祁山,等待敲响
轮回的钟声

戴着太阳镜翘着小嘴
祁山堡上,如果
看见一个人坐在瞭望台
抽烟,晒冬阳,数汽车
千万别理他。道长老何
眯着双眼,为他
敲破好几个钵盂。至于祁山堡上

修行了五百年的那棵柏树
向西的枝干,开始枯死
春天种的三叶草,在树下嫩绿一片
你看看,如果有长出四个叶子的
就回一条短信,点燃一支长香
告诉我

2013年12月6日

蹲守,依然在祁山
——致友人

蹲守,依然在祁山

祁山堡上的槐花,依旧是一串小小的白蝴蝶
依旧是纯色的理念

四月花开,遍地起舞。五月
一大把下午,遮风挡雨庇荫
在亮堂堂的羽扇下,不泄天机

无以言说。必须在祁山,恨上

不可更改的咸咸的汉河水
和水边的姑娘
以及一个被诅咒的称谓

2013 年 7 月 18 日

有冬阳的午后

无事,就上祁山堡
抽烟、晒冬阳、数汽车

道长老何依然会告诉我
远离你。但我真的就想你了

想你手拉着我或者偎在我怀里
在那一个城垛
吐烟圈,数汽车。这样想着

道长老何,摇摇头
送一声叹息下山了

2013 年 12 月 16 日

别吱声

悄悄地偎在我怀里
别吱声。道长老何，眯着眼
一直在盯着

不想叫道长把一切都预言了
就安静的数汽车

有多少车过祁山了
就有多少爱走过了
如果实在数不清，亲爱的
就吱一声，咱们回家

2013 年 12 月 16 日

祁山堡速写

一辆小汽车停在了祁山堡下
几个什么人
微笑着伸出了双手
弯腰，一个请的动作
祁山堡下，两行古柏
瞬间露出了笑容

文管员小独
——发放通行证
导游员小梅
甜甜的声音
绕上了祁山堡
文管员老马老安
佝偻着身子满面春风
捡拾他们丢下的烟蒂和纸屑
只有道长老何
眼盯着签筒和一言不发的蜀贤相
偷偷地笑

2012年4月12日

接 驾 嘴

接驾的坐骑整齐划一
接驾的风内紧外松
接驾的人站成几个圈

三个人在低头絮语
四个人在相互敬烟
七个人在东张西望

还有一个人在圈子之外
远远地望着

静悄悄的接驾嘴
一分钟就是一年

2017 年 7 月 24 日

一朵云走过盐官大地

一朵云走过盐官大地
只需要一回头。比如

把先秦时期的那匹马赶回来
给西汉时期的那个盐官委以重任

一朵云走过盐官大地
只需要一个眼神。比如

一朵云嫁接在盐官的肋骨之上
一朵云驻守在盐官的内心深处
一朵云做盐官的鸟窝,给它
孵化搏击长空的翅膀

2015 年 8 月

月

伸出双手,一粒小小的豆芽
唐朝王维的红豆芽吗
村头的树梢掩着偷窥的袖

初一到初十,一芽一芽
丰润,圆满

一只蹲在墙头的猫
把春夜叫亮

2013 年 6 月

昨天,去看一位老中医

把手伸给他
一瞬间,就是
把五月六月的苦日子伸给他

他神态严肃,三根手指
先是左腕后是右腕

就像一台高配置的检测仪
与一台即将报废的旧机器
接通了电源
最先发出的声音

一切正常,记忆力好
山山水水气脉畅通
至于那条小溪里的小石头
在等待
一个小疗程

他缓缓地端起小茶杯，注视着
我眼睛里随时四溢的小阳光

如序。精气神很旺
身体有点弱
一辆正在运转的小四轮

把一颗松动的小螺丝
拧一拧，就可以了

这是五月之前
他先后为我把的两次脉
今天，我又把手交给他
把五月六月七月缺雨的天空交给他

水瘦山寒，肝气郁结
睡眠不足，记忆力减退

他缓缓地放下手中茶杯
紧闭双眼
我适时点燃一支香烟给他
等待适时而来的好时光

五月等六月等七月继续
一如既往
把白天当作黑夜把黑夜当作白天
真的,人比黄花瘦

如序。他掐灭手中的香烟,睁开眼
给我说:药医不好你的病

2015年7月10日

祁山堡与子书

昨天的雾霾,回头就不见了。哪年
在城垛上,抽烟晒冬阳数汽车的日子
依然在城垛上纷呈。今天

斜靠在城垛上眯着眼睛
俯视祁山大地的这个人
好像哪年的我。只是
比我多了一份憨态和自信

道长老何敲一下钵盂
他随我磕下一个响头
说到去年上山拜年的事儿
他说:祁山大地,其实不大

在祁山堡上,对神或者对人
我不敢凭空杜撰
那棵五百年前的柏树
向西的枝条,它们已经长出了新芽

露出半张脸的行道树

过路的风一阵紧似一阵
这是周末,沿省道 306 线
镇政府组织人员,在风中
粉刷行道树

两个人一组,十个人一段
昨夜的紧急电话
在公路两旁的行道树上
露出半张粉脸

没有雪花的冬天,调研的风
一阵紧似一阵
涂白的树杆,横列一排
没有涂白的树杆
犹如电话中的那张脸。镇长

我要将每一棵行道树都涂白
让它们粉嘟嘟地排列在那里

还有满天飞舞的废纸废塑料袋
打着口哨的饮料瓶

刷子、生石灰、小水桶,还有我的组员
正在低着头,卖力的忙乎着
身后的一阵风
粉刷了半张脸的行道树,就已经给小镇
长足了面子和精神

2015 年 1 月 28 日

耐心就着一支香烟

大姑娘小媳妇已北漂
再高的工钱,只能开给老婆和自己
没有场地和招牌
搬几张小方桌几张小方凳
摆上老母亲腌制的老陈菜
过路的人走进来
就营业了

慢工出细活。一盘一盘
先来的先吃后来的后吃
声音再大,也喊不出一个服务员
如果真把自己当上帝,
上帝就睁一只眼闭一只眼
如果把自己当顾客,上帝就睁开一只眼

耐心就着一支香烟
慢慢等待
在小镇。过了这个馆就没有下一个店

高档车低档车，镇长的摩托车
因为一盘扯面
不敢大声讲话

2013 年 7 月 5 日

回　答

标准的体型市场化的手势
还有程式化的语音。昨夜立夏
五月的果园。鸟鸣在树枝上颤抖
阳光在树枝上起伏。树上或者树下

低低的风,总会穿过果园
总会留下健康的果实

由北向南,标准化的途径
一年或者三年。五月
从此不再盲目灿烂

2014 年 6 月

小镇,煎油饼的女人

汗滴禾下土,土里长出日月
没黑没明的日子
和上泪和上几滴温热的盐水
和上星星和上月亮和上学校的铃声
揉成面饼。再从沸腾的油锅中捞出来
就能把一大家子,喂成
百般煎熬的人

离儿子教室隔着一堵墙
离丈夫的祈盼隔着一座山
一袋一袋
比自己白比自己沉的面粉。初来小镇
就已习惯,煎熬
黑夜的狗吠月夜的猫叫
儿子经常低低的头

她知道,自己揉成团的不仅仅是面粉
还有儿子女儿丈夫公公……
只要一出油锅,日子就熬出了头

吃空饷是多么美好的事儿

十二月底,核查吃空饷的事儿
又在群里,叽叽喳喳
对于他们的吵闹
我只是看一眼,而更多的时候
还是想着
一个错误掩盖的另一个错误
滋生下一个错误。着实

腰椎间盘日渐突出
缠访闹访一路畅通。就像有些人
死了。却永远活在镇政府的保险柜里

十几年过去了,镇政府的干部
韭菜一样,又嫩绿一茬。而他们
幸福地躺在黄土深处
享受着风吹草长的光阴。是的

如果每个公职人员都能和他们一样

死后千年
还能享受阳光和雨露。天啊
这才是真正的永垂不朽

人们可以不用上班
儿女们可以不用上大学，着实
这是多么美好的事儿

2013 年 7 月 10 日

一个失忆的人,在大街上自言自语

河水涨到玉米缨子上,玉米在深夜里喊娘
河面上漂浮着的一捆捆麦子,江面上漂浮的猪
都进了天堂

河道里挖沙的是狗,检查河道挖沙的是狼
扫马路的人捡了一个小盒子,不要告诉村长
是霸道车落下的

最牛的是村长。骗乡长骗二娃子爹就是不骗我
月亮最贼,偷窥校长带小学生开洋房

庙里长胡子的神仙说
当官的最好骗,泥腿子骗不来
镇政府大楼里的灯黑了不睡,天亮了不醒

最幸福的是我,哪儿黑了哪儿睡

2013 年 7 月 18 日

摩 托 车

下一次来，还是横七竖八
互相依靠。三天或者五天
迅速、协调、担当
从村子到镇政府，或者
从镇政府到村子
微信平台是最人性的遥控器

作为乡镇干部的代名字
这些最具钢性的家伙
最乐意的事，听话筒简评
自己的光辉业绩
最不乐意的事，晴天一身灰雨天一身泥
间或，有人缠访或者闹访
咬咬牙，大修一回

摩托车，一旦取名乡镇干部
再苦，也得加把油
再累，也得加把油

2013 年 6 月 17 日

黄昏

惊醒的尘埃,飞驰而过的嬉戏
一声接一声的蛙鸣。在小镇

池塘就是排污的池塘,堆放生活垃圾的池塘
最后一批一锤定音的池塘。在小镇

小媳妇在荷叶间悄悄回家
荷花在小鸭头顶轻轻摇晃
池塘的童年,在贫困的小镇一再美丽

如今,童年的池塘,蛙鸣声中的池塘
如一个古稀之年的孤寡老人
苟延残喘,等待注销户口。黄昏

走过小镇最后一片蛙鸣的池塘
童年的美丽漆黑一片
一声一声蛙鸣,弥留着今夜的月光

2015 年 7 月

此刻

饭局里出来的人,满足的
谈论天上的月亮和星星

广场上幸福的人,狠心地抖动
梦中都要减掉的幸福

抱着宠物狗喊着亲蛋蛋的女人
只会说狗话,是狗的亲人

还有满大街手忙脚乱
叫喊着甜玉米的小商贩

此刻,我走过大街
走过大半个县城。给夜晚
浓浓地添上一笔

玉米甜玉米的、幸福减幸福的
狗做狗蛋蛋的、我赶我的

最得意的时光
就是那眯着小眼睛的瞬间
一扇门把自己打开

2015 年 3 月 12 日

等待冬天

等待冬天，就是等待一场雪
等待纷扬的花朵
将内心深处的那片麦田濡湿

2014 年 12 月 9 日

在祁山梁峁

命里缺少一棵枝繁叶茂的苹果树
二十年如一日,就爱上了
大堡子山以东的黄天厚土。深秋了

带上一帮好兄弟挖坑、覆草、定植、浇水
再请上远道而来的专家
再请上面朝黄土背朝天的兄弟姐妹
给良知开一堂科技培训课。让它们

在春天发芽,夏天抽枝
秋天妖娆地像村里的那朵小花
如果有点小空隙,背靠地埂
半瓶劣质啤酒。感谢你

又陪我度过一个温暖的下午
滋润一坡好心事

2014 年 12 月 26 日

秋,确实没有凉

一张旧报纸,摊开
阳光、香烟、暴雨、预约的调研

一枚树叶也加入其中
满眼枯黄。两个
送孩子上学的小母亲,有点疲惫

秋,确实没有凉
持续高温的七叶树。风
从佛眼里开始,聚集阴凉

那好,就让村庄继续发高烧吧
让村庄的秋田,像女人
把更年期提前或者延长

2013 年 8 月 26 日

秋,是一场细雨

再看一眼七叶树的枝条,夏天
就真的远了。祁山堡

满脸烦躁。唯一的玉米林带
枯瘦的奶奶拄着一根旧拐杖

秋,确实没有凉
持续高温。镇政府恐慌了

如果这是一次对生命的重新阐释或者考验
那好,就让村庄继续煎熬

继续等待旧拐杖倒在奶奶的怀里
等待更年期真的不会出现

秋,其实是一场细雨
淋湿玉米樱子,做我们的衣裳

2013 年 8 月 28 日

低处的风

风吹果园。五月的园艺师
小小的青苹果,在树枝间晃动

疏花,还有最后的霜期
疏果,还有低低的风

这是汉水两岸最难掌控的部分

五月,农历的小苹果开始套袋
农历的园艺师盯着低低的风,在高温下

穿过低处的果园,穿过紧裹着棕叶的米粒
不知甜甜的归期

2014年6月2日

这一刻

这一刻,果树睁大了眼睛
粘蝇板杀虫灯,春天细细的绳子
再一次,拉开纠缠不清的树枝

这一刻,地埂开始散发艾叶的香气
果树开始出现果套忙碌的身影

陇南北部
秦地没有楚地的风那么火爆

就那么一捆艾草,母亲
怎么就打湿了你的裤管

2014 年 6 月 2 日

这个时候

这个时候,五月五的露珠
睁开了混沌的眼睛
艾叶引领的小径,一个人在反复背诵

这个时候,头顶的白云白得有点绕眼
怀抱艾草的母亲不得其解

真的,香囊就打开了心结
粽子就解开了粽衣。那个背诵艾叶的人
羞涩地低下了头

2014年6月3日

秋天,定植一株苹果树

一经发现,苹果在深秋惹人生怜
秋天的景色就写在了脸上

说来也是。脸是一面旗帜
国字脸,桃核脸,苹果脸
无风的日子。或蹲或站
总是高高在上。顿生敬畏或者怜悯之情
有风的日子。聊天也罢做报告也罢诅咒也罢
都会迎风招展

那好。就植一株苹果树吧
给自己没有一点说法,就和苹果树说吧

在荒芜的内心挖一个很大的雨淋坑
覆上干草或者秸秆,把秋天过剩的雨水
引入其中
给健康的苗木以均匀的呼吸,均匀的等待
那一场雪。和雪后的那一场春梦

如果因为技术原因,雨淋坑秸秆水肥什么的
冬天真的没有雪落下来
弟兄们,请不要怀疑树苗的问题
持之以恒。直到
景色写在秋天的脸上

2013 年 9 月 24 日

深 秋

苹果叶子做书签,墨绿依然
秋阳里,似火。胸中燃烧

站在苹果叶子铺就的阳光里
很温暖。回头
却听不到母亲的呼唤

一本缺少插图的书
冬天合上,春天打开
忧伤或者暗淡。多于路边的野菊花

着实。种植一季苹果树做插图吧
四章十二节。什么时候打开
都是,春有花秋有果

2013 年 10 月 24 日

秋 色

说好了,在北山梁峁等你
带你去看祁山最美的秋色

看太阳西下,月亮
似大猴子剩给小猴子的黄苹果

在北山梁峁已经多日,苦于下山
心中长满了绿苹果

在北山梁峁等你
是第一次,也可能是最后一次

秋色美的很长
苹果的保鲜期却很短

2013 年 10 月 24 日

在高原

第二辑

在草坪。鸡、猪、牛、羊都是幸福的一百四十多平方公里的草场从不设栏

高原小镇（组诗）

这个幸福的人

三足铁炉上
一个人在檐下熬煮着白发
这个幸福的人
是李那村七十八岁的老太太
她比数九寒天的太阳
热情多了
她把炉火上的铁锅取下来
拿出陶罐、茶叶、水壶、咸菜、蒸馍馍……
火热的陶罐罐，清香的茶汁
因激动而颤抖的双手
那双自制的小棉鞋啊
一如四十年前我的奶奶
她是温暖的。今冬，她的小孙子
到镇政府上班了，大孙子
准备结婚。她说
不吃政府的低保了，不吃了

2019 年 1 月 2 日

茨青村的下午

在海拔一千七百米的茨青村
圆木垒就的木房子
防风防雨防潮防晒
和新盖的红砖瓦房比肩，晾晒
茨青村十九户人的小幸福

用绳子绑住这头大黑猪
这个下午就是幸福的
这个四十岁就当了奶奶的女人
一个劲儿地劝我们，吃了饭再下山

儿子和老汉，一个去山东凿隧洞
一个去天水建大楼
她和儿媳妇带着两个小孙子，看护
八十四岁的老太太
唯一的愿望，就是把上山的路修通

山泉就在屋后。麦子、玉米、洋芋、豆角
少一点，够吃了
看看屋后的麦架和房前的地膜玉米

这个下午还是美好的
村长一年来检查一次工作
今春已经两次了。他说
今年一定要脱贫。脱贫不脱贫
其实和村长没关系
鸡喂着呢，猪绑着呢，庄稼长着呢
钱少一点，只要人勤快
一年还是挺幸福的

2019 年 4 月 10 日

雪融化的剩不多了

暗访组交办的问题
整改了
湾里村、崖上村的水龙头
一打开，水是那么有春意

从崖上村望过去
雪，在草坪的山梁
似一头花斑奶牛在反刍

回访的工作组
不解。四月了怎么还有积雪

草坪的上山村
没有桃花、杏花、
晚春的四月,雪花是幸福的
顶着蓝头巾的雪花
瞅着檐下的腊肉
像瞅着远方的亲人

2019 年 4 月 8 日

高原小镇

在草坪。鸡、猪、牛、羊
都是幸福的
一百四十多平方公里的草场
从不设栏
一朵雪花从春天出发
又从春天回来
七千多人的小镇

海拔两千七百多米的高原
风哨一响,鹰鹞准会落在自己的肩上

2019 年 4 月 7 日

在董山,遇见苹果花

再一次到董山,花就开了
那么小那么少,在几支枯枝间
孤傲地开着。第一次到董山

漫山遍野绿着的,除了
油松、黑松、白皮松、杂柏、山杏、山毛桃
没有看见你。相比较

永兴、祁山、盐官、永坪、石桥、红河、宽川
适宜地区生长的苹果树
在海拔一千米的董山

更自在、更清爽、更独立、更感动我
人说,这里不适合你,你却

微笑地开着、挤在其他山花中间

结不结果呢,从没有想过
开花是自己的事儿

2019 年 4 月 20 日

去三峪

早来的雪
安静地坐在三峪的梁峁
后来的雪,一刻也不马虎
一拨接一拨,如赶年集的村民

秋天的草叶,在雪中露出
无人理解的表情
秋天的山鸡,在林子里飞起又落下
秋天水毁的拐拐路,灰头土脸
把早到的雪分开,撂在拐拐路的边上
如我身后的兄弟

从王坝镇翻过这座山，就是三峪乡了
三峪乡不大，五千四百多人
对于乡政府的干部，对于二〇二〇年如期脱贫
就不敢说小了。贫困面全覆盖
贫困发生率高啊
我身后的兄弟，还没有翻过山呢
脸色和心情，比今天的天气还低沉

走完脚下的拐拐路，就到三峪了
现在是冬天，如果是春天或者夏天
就好多了
这些手拉手并肩而立的山峰
就像自家的兄弟，站在家门口
等待三峪的客人，就像等待它们的老舅

2019 年 1 月 6 日

在固城，一切都必须慢下来

村口撂荒的地里，野鸡和家鸡
寻找着草籽。对面河沟里

四五头牛赶着一沟羊
啃食着去年的好时光
没有蚊蝇
它们依然思动着尾巴

那个抱着牧羊鞭的人
不是唱着情歌的妹妹,是一个
低眉瞌睡的老者。高处的积雪
昨天还犹如一顶新草帽
戴在山顶。今天看上去
突然就瘦了好几圈

去年完成的人饮工程,村长说
鬼怂没水吃,笨蛋有水吃
同行的专家不解,问村长
村长装做揉眼睛。转过了身
其实,山顶的积雪,明天就融化了

在固城。牛羊、河谷、野鸡、家鸡、黑猪
撂荒地、老者、春天的脚步……
一切都必须慢下来

2019 年 3 月 12 日

与草坪书兼致强波

雪开始融化了。太阳能路灯
如你写的诗行
新品种的蚕豆种子、当归种苗、党参种苗
都已经调来了。订单企业
昨天就进村了。收入是稳定的
如期脱贫,不是一句空话

冬天冻坏的人饮管道
正在抢修。崖上村、湾里村
饮水不稳定。海拔两千七百米的上山村
帮扶队的老李,摆弄着一叠表册对我说
你们来了就好,再有两眼井
吃水就没问题了

牦牛在草坪高原,望着
谁发表图片心情的地方,我知道
那就是白磟碡村
老强,你就住在那里

一年里一半的时间
你在白碌碡村种雪耕雪咏雪
一半的时间
自己擀面条蒸包子煮蚕豆
和留守老人烧一杯壶酩淋酒

草坪，我去了好几次
但一次也没去白碌碡村
对不起，老强

2019 年 3 月 28 日

在巨坪村

山水巨坪，是一块牌子
是一句话
根植在巨坪人的心里
根植在驻村帮扶队员的心里

大黄、黄芪、当归，更多的中药材
在巨坪村的山上山下安家落户

废旧塑料袋、枯树枝条、废旧实物
分类进箱

水车。巨坪人独有的念想
齐肩的柳丝，是水车割舍不下的三月
那些跳动的脚踏条石
把杨树柳树间，零散的庄户人
紧紧地团结在了一起
人造小瀑布啊
小泥鳅都成了小鲤鱼

山水巨坪。是一块牌子
是理念，更是信念

2019 年 3 月 27 日

阳光懒散地覆盖在春天的土地上

安全人引工程，在贫困村
就不安全了
管理员把水费当作路费

外出打工去了。多半年,全村人
依然靠人背畜驮来吃水
累了村长不说话,苦了村长不说话
早春二月的雪
被留守老人和留守妇女的泪
砸出一排排深深地窝

从龙林村南山出发,绕到十一盘
从春天就走到了冬天
山顶的上具村,雪安静地晒着暖阳
五村连片供水工程
显示器,只显示着四个村供水正常
拖欠水费的沟底村
村长低着头,一个劲儿地抽烟

水厂的负责人、村长、镇上的驻村干部
龙林村、沟底村、上具村……
阳光懒散地覆盖在春天的土地上

我应该喊他什么

用铁丝扎住一根根冷水管
从山泉的那头连接到村庄的这头

夏天,就是一缕混浊的人畜饮用水
冬天,就是一根长长的黑冰棍

有些人
思维、行为、良知
不就如此

尹坝,作为一个村庄
边缘、麻木、无药可救
一直疼在我的身体里

黑狗,或者那个称作老板的人
我应该喊他什么
……

从山泉的那头到村庄的这头
一千七百多米海拔的冬天

见不到一根骨头,见不到一滴血

2019 年 6 月 10 日

老 李

以前叫村长,现在叫主任
叫什么不如直接喊老李
在草坪,当归叶子覆盖的上山村
我们煨着炽热的炉火,瞅着老李
用指头数着一年的收入

五六亩当归,收入三万多元
三四亩蚕豆,收入一万多
大黄种的少,也就几千元
养了两头牛一匹马,主要用来耕地
羊七八只猪就那两头

顺着老李媳妇手指的方向
两头猪在细雨中啃食着草根
一头牛在草甸上望着远方

她说,女儿出嫁了儿子是大厨
但一分钱也没拿回家
家里就我们三个人,给不给都行
只要早点领回一个儿媳妇就好

老李递上一支兰州牌香烟
他的媳妇
搓了搓手上的土沫子
憨憨地看着我们笑

2019 年 6 月 2 日

村庄真的老了

堵路的巨石,依然在绕行
那些等待收割的麦子、油菜
依然在瞅着董山的路口,以及老槐树下
几个打吨的老人。村庄真的老了

圆木垒就的老木屋真的老了
夯土打墙的老房子真的老了

风雨侵蚀的门窗,一如豁口的老妪
数着进进出出的风

易地搬迁项目实施,村庄的年轻人都搬走了
搬不动的是这些老房子
搬回来的是这几个老人
村长或者帮扶队员,隔几天就上山来
带来镇政府的叮嘱,带走老房子的叹息
……

这家的娃是孝子

三间红砖瓦房,蹲守在
圆木垒就的老木屋和
夯土打墙的老房子中间
烟熏火燎的百叶窗,拥簇着堇山
唯一的招合金门窗。让我想起
电视镜头里,某些地方的某些场景

村庄的老人时时念叨,这家的娃是孝子
借了亲戚的八匹骡子,整整一个冬天啊

驮砖头、驮钢材、驮砂子、驮水泥……
驮太阳、驮月亮、驮北风、驮雪粒……
这是一千八百多米高的董家山
这是仅容一个人通行的羊肠小道

2019 年 7 月 20 日

过 草 坪

迎着细雨，和草坪又泥泞在了一起
雨打在大黄叶子上
大黄叶子紧紧地包裹着草坪
没有回家的牦牛
只是春耕后留在草甸上的几滴墨点
在草坪，随性滚动

当归、大黄、蚕豆……
长出了叶子，草坪的女孩就有了名字
牦牛、黄牛、山羊、狗、猪……
爬上了草甸，草坪的男孩就有了名字

雨过高原，满眼都是
喊它们
回家的声音

2019 年 6 月 28 日

这些柜子，是幸福的

装衣服的叫衣柜，装面粉的叫面柜
装麦子的叫粮柜，装钱的叫钱柜
装烟酒的叫酒柜或者烟柜

张羊才家的只能叫粮柜
一个柜子三个隔挡，一个隔挡装三百斤麦子
一个柜子装九百斤麦子
一圈六个柜子。五千四百斤麦子啊

大儿子做了上门女婿，小儿子在浙江做裁缝
听说有一个媳妇，就是不领回家。四年了
就我们两个人，吃不完了就喂猪

张羊才一边说一边打开柜子
抓一把麦子给我们看，籽食饱满啊
上面还存放着一排排鸡蛋

这老柜子现在少了
那些新式的柜子我不用，太单薄了
一点都不幸福

2019 年 7 月 3 日

草山，草山

在海拔两千多米的草山
土地仍然在撂荒。草山
山上除了荒草，就剩
草下健步穿行的山鸡和野兔
新浇筑的通村公路，如一条灰色的蛇
爬在深秋的草山腹地，一动不动
刚刚入住的易地搬迁农户
又有几家上了锁

挂着大金链的村长，说到
脱贫攻坚，草山的草
没水也能丰茂
草山的二狗，不读书
一样能去北京。至于群众感情

他说：山泉水引不进户
就是不关心群众疾苦。至于
土地撂荒，大门上锁
北京的人民币，能够遮挡
草山的风雨

2019 年 8 月 28 日

行走在云雾里的大关村

没有风，雾仍然
在晃悠。这个最熟悉的事物
走到大关村，海拔就升高了

升高的，还有太阳能路灯

遗忘在枝头的紫色花椒
挤在一起的鸡。在云雾里
一动不动

村巷、家道、篱笆……
没有设栏的猪
村长说：环境卫生，拖了
脱贫退出的后腿

我们从村东走访到村西
大关村
才尴尬地抬了抬头

2019 年 9 月 4 日

在弋家村

红砖瓦房，实木门，铝合金窗
帮扶单位捐赠的
课桌凳、滑梯、小木马、小山羊、蹦蹦床……
正在修建国旗旗台的师傅说
这里其实挺好的
三个都是公派教师，不像他们那个时候
教师，拼音字母都念不准

一个调到了镇上，一个留守学校
还有一个，不知道去了哪儿
在不在都不是什么大事
三个学生都转走了。弋家村不大

三百多人，光棍汉还是比较多
新农村建得这么好，多数还是上锁
媳妇都没着落，哪有娃娃啊

一排排整齐的新房子，我们
待了好大一会儿
没有见到一个俏媳妇

2019 年 9 月 3 日

他心里留着一个人

过冬的煤已备好,不规则地
堆放在屋檐下。炕上的被子、
没有叠,乌黑乌黑的
灶头放着刚做好的米饭
和一碗黑乎乎的白菜炒肉片

看见我们走进来,抬起他皲裂的手
揉了揉眼睛,推了把炕头的被子
招呼我们。上炕上炕……
刚刚做了一顿好吃的,你们就来了
真的是贵人啊
一定要吃一点,吃一点……

驻村干部看了看这个五保户说
任兹娃,六十四岁。有时候
还帮村里人干一点农活
就是不听话。宁可就这么放着
也舍不得用

镇政府送来的新被子
在炕头叠放着，包装袋上已落满了灰尘
问他
只是瞅着我们羞涩地笑。出来的时候
村民悄悄地说，他心里留着一个人

2019年9月5日

五保户王松世

危房已修好。问他，花了多少钱
头一偏，把耳朵伸了过来
看我们不问了，又把目光投向村长

派出所把身份证填错了，快六十岁的人了
木活、水泥活、瓦工活、钢筋活……
难不倒他。这房就是自己修建的

看我们给他赞许的目光
不解的又看了看村长。村长说

耳有点背。家里有电器、三马子
还有一头母牛,一头小牛

顺着村长的目光看过去。柳树下
母牛思动着尾巴在深思,小牛
远远地躲着我们。院子边上有几只鸡在打盹
如果单纯地算收入,早脱贫了

这个五保户,就缺一个
花钱的人
……

2019 年 9 月 5 日

杀莽河谷里的蒿草

像我复式班的留守儿童……

白蒿,自律。小小的白花
在河谷低处,独自芬芳

黄蒿，逃课。过早的
透支了河谷里的阳光

茼蒿，把钱喊做妈妈
杀莽河是她唯一的亲人

水蒿，任性。体罚一次嫩绿一片
深秋了仍然缠绕在河谷低处
臭蒿，刺儿头。爷爷奶奶
给班主任写不完的检讨

艾蒿，小棉袄。微风轻抚
爷爷奶奶就是盛开的秋菊

我复式班的儿童。大雁向南
片片雪花就要落下，我等你回家

2019 年 9 月 10 日

裸露在杀蟒河谷里的引水管

寄居在野性的杀蟒河谷
与河床上尖利的石头,一起摸爬滚打

一个偶然,于二〇一七年的秋天
和一个自称老板的男人
有了一次丧尽天良的合作。两年后
这个男人的形骸,在杀蟒河谷
村民的诅咒声中暴晒
没有找到什么原因
没有啊。8月7日
我和杀蟒河的村长
逆河而上。裸露的引水管,尖利的河石
还有那个男人的形骸。突然而至的风
打在村长干净而操劳的脸上
青一阵,白一阵

2019年10月4日

闲置在村庄里的水龙头

打开水龙头,一声叹息。村庄的老
人
看着没有水流出的水龙头
是那么无助

每一个银色的水龙头,安置在
村庄的肌肤里。我能感受到它们的
存在
在村民们企及的眼神中,是多么的
无奈

那锈迹斑驳的水龙头,没有放弃
只是在努力等待
等待山泉叮咚叮咚的歌声

从一个水龙头走到另一个水龙头
我不是安抚,只是在
努力将水龙头上的锈迹,一一抹去

闲置在村庄里的水龙头

最后一个水龙头,一直在
最幸福的时刻,等待我的到来

2019 年 10 月 7 日

窄窄的峡

左边是丰盛山,右边是赵家崖
这条窄窄的峡,不停地
在偷窥

多少年,鹰是我最怕的一道黑影
老羊倌故事里,受尽折磨的俏媳妇
俯冲下赵家崖的样子,是一道黑影

跟着老羊倌,在峡里放羊
这两道黑影
就是急切回家的理由
这一天,又在峡里走过
我突然发现,鹰不见了
那个俯冲下赵家崖的俏媳妇不见了

这一发现，瞬间想起
那个一起燃牛粪烧土豆的肥司令
不见，已经多年

2019 年 9 月 28 日

秋雨里

麻雀在屋檐下缩成一个球
喜鹊在屋后树枝间跳跃
满载秋风的雨滴，在漱山说来就来

圈厕改造，二狗爸不落实
村长一边掏出兰州牌香烟一边给我说
不是钱的事儿，主要是二狗夫妇去了天津

七十多岁的老人，对于圈厕改造
实在无力落实。在镇政府的楼道里
村长不停地在镇长门口逡巡
扶贫攻坚。一路走来，漱山坪
是如此的清晰。初秋的山雾

在秋雨里,和村长吐出的烟圈可堪一比

2019 年 10 月 13 日

去花坪

左边,绵延的梁峁梯次泛黄
右边,低矮的梁峁牛铃声断断续续
后边,秋天的禾草摇晃着脚下的秋阳
低低地山坳里,一个帮扶队员
安静地煮着山鸡

今天,他是高兴的。一年里
他给我打了多次电话。每一次
都说一句话:老兄,我的花坪村没水吃
每一次我都被鸡毛蒜皮缠住了脚步

花坪村不大,四十六户二百多人。但取水
要翻过眼前的这座梁峁。路远点好说
雨天,对于留守老人和精准扶贫考核
我就对不住这个叫一军的老兄了

左边，绵延的梁峁梯次泛黄
右边，低矮的梁峁牛铃声越来越近
一次次在崔促我

2019 年 10 月 14 日

歇马店或者贫困户

歇马店或者贫困户，想不起
怎么把它们联系在了一起

茶马古道上的歇马店，一排四院
随着越走越远的马帮
仅剩眼前的这一排房子了
它宽十米、长二十米、高两米……
低矮的房子里，中间打一道十字矮墙
人畜，就共享这个歇马店

三个隔挡的立式木柜
可以装粮食也可以装面粉
南北通透的大通铺。掌柜的、伙计

都可以梦见,远方的妻子儿女
以及活蹦乱跳的铜钱。两米之外
白嘴亮眼四银蹄的家伙,打着响鼻
一边挑拣着槽里的草料
一边不时恐吓身边的同伴

高高的灯台,马灯依然蹲在那里
它整个晚上都可以亮着,也可以
按马帮帮主的吩咐,准时点亮
角落里的马鞍,一副副重叠着
可以让骡马抖抖身子
也可以一直就这样落满遥远的尘埃

至于:籂篮、簸箕、竹箩、箩筐、背篓、斤斗、
门箱、钱匣、瓦瓮……
歇马店主的孙子何二生
把这些,作为老先人辉煌的历史
给我们一个物件讲一个故事
一个故事给我们指认一个物件。直到

父亲死于非命,双胞胎的弟弟夭折
母亲离家出走。五十四岁的他

双脚残疾成为贫困户,拖了全村脱贫的后腿
他说,把祖先留下的这个歇马店
变成一个养鸡场。村长不同意
歇马店主的孙子何二生
酒店村的贫困户何二生
守着歇马店
一直在找村长、一直在闹别扭
他不想拖全村脱贫的后腿

2019 年 10 月 18 日

肖家村已经结霜

龙林镇北山顶,肖家村已经结霜
喧嚣的村民犹如战乱时期的流民
村长挥舞着手臂站在蓄水池前
却不能讲话
剽悍的肖氏三兄弟,如狼似虎
要挟着村民,威逼着驻村帮扶队员
……

高位蓄水池是我们自己凑钱修建的
安全饮水项目进村了，这个蓄水池
就得从项目里给我们补钱
狰狞的面孔
让村长紧紧地闭上了嘴巴
让施工员单薄的身子有点慌乱
肖家村，氧气稀薄。好几天过去了
我还记着肖氏老大
挥舞着拳头的那句话：我是一个普通村民
不是黑社会不是恶势力

肖家村美好。村长一言不发
四十多户的肖家村，已经结霜

2019 年 10 月 24 日

在农家

苞谷。可以在屋檐下，以一根根木椽
为骨架。立体式的晾晒主人的汗水

苞谷。可以在院子里，以四根木头为腿
一根木头为梁，老百姓称作
苞谷架。殷实人家都有

苞谷。可以在树枝上，高高地趴在树杈间
上面覆盖一层层酸刺
可以越冬也可以预防飞鸟偷食
苞谷收回家的时候，柿子也就熟了
等待厚霜的柿子犹如等待嫁衣的姑娘

三颗一堆四颗一枝。也有孤零零
非常清高的那一颗。在初冬
招摇撞骗路人的眼球

光棍汉

刚刚从新疆回来，问他
挣回了多少钱
他把头一偏转过了身……

村长说：挣个屁回来。只能提砂浆桶

就这房子，还是镇政府拿钱维修的
一个人吃饱全家不饿……
他抬起头，看了看村长又看了看镇长

镇长说：再不要等了，冬闲
把庭院杵平
年后，给你硬化，好晒粮食
说不准，还会飞来一个媳妇
这个叫胡新平的光棍汉
扫视了一圈自己房子
憨憨地给我点了点头

2019 年 11 月 24 日

去三峪

从县城出来，路上没有车辆
在途经江口村的时候，一个行人
背着背包，拉着一个拉杆箱
走的匆匆忙忙。老陈说
是不是把这个人给捎一程

他一边说一边把口罩
扯了扯

沿途的斩龙、茨坝、小林、龙林
全杜、魏磨、金坪、水沟……
每一个路口都设置了检疫站
镇政府、卫生院以及村上的工作人员
手举着停车牌、戴着口罩
对路过的车辆虎视眈眈
在途经雷坝镇街道口的时候
看我们没有立即停车的迹象
几个人,快速堵在了车前
……

我们只是路过,并不进他们的村子
但对于每一辆经过的车辆
他们都不敢掉以轻心。对于疫情
防控就是最好的治疗。庚子年正月初八
正是疫情阻击战的关键时刻
电视台、微媒体、微信朋友圈
都在不停地播放钟南山的建议
就像一个老父亲

给自己远行的儿女
反复在唠叨

2020年2月1日

在三峪

在水沟村口的检疫站，工作人员
举起了挡车牌
要求我们一一登记、测体温
是不是在发烧，是不是从武汉来
检测站的工作人员
看见登记的姓名、要去的地方
立即和我们一一打招呼

他们一直在值班值守
N95的口罩没有
隔离衣没有，消毒液不够
统一配发的红外线体温检测器不准
那些骑摩托车的村民
用它一测，体温就是二十几度

路口值守的医务人员
只好拿出自家的体温计
……

在三峪。对于从湖北回来的七八个务工人员
镇政府的领导，一人联系一个
定期不定期，或者上门或者打电话
在三峪。无论是干部还是村民
都拧成了一股绳

2020 年 2 月 1 日

宋山村笔记（组诗）

她说，那个娼妇再也没有回来

她双手捧着快一岁的孙子
像捧着宋山村的整个春天

四合院的土坯房。二十年前
还是宋山村殷实的人家
女儿明媒正娶，十七岁的儿子
是他们心头的一盏风灯

2017年暑假，儿子背着书包
领回那个身怀六甲的娼妇
领回宋山村凄凉而又刺骨的一坡山鸦

儿子闷头不语，老汉把头埋到裤裆深处
村长托着渗黄的水烟瓶，把宋山村看了又看
缺米的宋山，生长苞谷土豆的宋山

宋大电话联系乡派出所的侄子申报户口
宋二出车联系乡卫生院妇产科主任
黄四联系老皇历择定吉日
一切在宋山村的秩序中
尘埃落定。但那个娼妇再也没有回来
回来的是另一个男人的恐吓电话
如一根洋槐刺,深深地扎在她的心上

每一次老汉拿走家里的低保折子
她就抱紧怀里的小小孙子。太小了啊
任何一缕过路的风都会把他吹走

村长说,宋山只长土豆

风把野马河谷的好事都吹到了宋山
宋山,两山夹一沟
村长在宋山吼一声,黄山尹坪的社长
多半天才能赶到宋山

通信不再靠吼,交通还是靠走
气喘吁吁的社长,一看院子的城里人

掏出兰州香烟逐个敬个不停

宋山的路硬化了,山底的泉水上山入户了
宋山的哑巴也开始说话了
社长恨不能把宋山村都点燃,给他们捧在嘴上
整整一个下午。偌大的一个院子
村民们围着村长和几个城里人,反复讨论

宋山村的海拔宋山村的霜期
宋山村的降雨量宋山村土质的酸碱度
还有大黄杜仲黄芪的药性

等太阳下山之后,村长伸了伸酸痛的腰
挥了挥手说:还是把苞谷土豆管好

他说,只搭一针

走不动了,就在大门口,俯视

一排排新建的红砖瓦房
几座即将拆除的 D 级危旧房

上下圈梁，八根抗震柱
几根旧木椽支撑的倾斜日月。然后

掏出怀中的罗盘，掏一把门前的黄土
把罗盘摆在上面，缓缓地抚一抚
揶揄地笑了笑：教会了徒弟饿死了师父

风从东山来，雨从西山来。野马河谷的风
都是自己扇起的
十二岁学艺，三十岁出师。五十年
无论谁家，他都只搭一针

每次走访，他都这么给我说
仿佛每次会议，领导们讲的那句话
一定要精准，不能朝令夕改

佛说，一切没有捷径

路过宋山。佛微微地睁开了眼
七倒八塌的土坯房前，聋哑的儿子
指手画脚
拄着拐杖的父亲，向前挪一步

儿子向后退一步。再退一步
就牵着那头老黄牛离开院子

四十年前的一场暴风雨
父亲,一条腿高位截肢
母亲,像一枚大风中的蒲公英
留下聋哑的儿子。一台废旧的收音机
按时接收父亲发出的信号
路过宋山。佛微微地睁开了一眼
唤来童儿,推到宋山最后一座土坯房里的炊烟
指着瓦片、砖块、钢筋、水泥
让两个童儿做他们的侄子侄媳。在宋山
帮助他们种植苞谷土豆,帮助他们修房建舍
等他们脱离了苦海。你们
就可以离开宋山,就可以位列仙班

虎虎,不言不语

虎虎年轻得多,对于定点帮扶
我有过顾虑
不仅虎虎,其他同志都是如此

以致会议之后我一直都在顾虑中度过
这个小九九我一直都怀揣着
始终没有告诉老李，也没有告诉虎虎

从宋山下来，虎虎坐在地埂上
其他同志也坐在地埂上，分别汇报
定点帮扶户的情况。虎虎点燃一支香烟
沉思了一会儿说：我帮扶的两户
一户的男人死于西安的建筑工地
一户的男人死于白血病

宋山回来好多天了，不言不语的虎虎
感觉比我年长了好多

2018年6月8日

怀揣野性的欲（组诗）

小瀑布，摇摇晃晃的凉

小小的银练，拣拾不起三千尺
出深山

山石滑了一下，树木晃了一下
摇摇晃晃的秋，罩着摇摇晃晃的凉

秋色，怀揣野性的欲

红于二月花，失于二月花
漫天的霜叶，悬于秋天之上

风摇晃一下，雨摇晃一下
浓浓的山雾，怀揣野性的欲

野蘑菇,说黑就黑了

灌木丛中,有着小圆帽的野蘑菇
秋天越深它们越老练

粉嘟嘟的小帽,说黑就黑了

疏于采摘的宋山人
越来越变得迟缓

核桃,按个头编成号

去年的核桃还存放在麻袋里
今年的核桃又丰收了。也许有例外

当嫁接着黄头发的黄家媳妇
用手机卖完自家的核桃之后

宋山的晚阳,就接纳了
她多年的轻浮

出于无奈。核桃还得存放起来
还得等待黄家媳妇的老表哥

将宋山的核桃按个头排成队编成号
隐藏宋山人的名字,还有核桃真实的品质

天价彩礼

当它倾情于邻家的三妹
野马河谷都挤不进它的眼里

它只识百元钞票,把宋山
糊得严严实实。无论谁的喊叫

都不会把宋山的天空,戳个窟窿

在枝头

一个逃学的小女孩
蹲在宋山的田埂上

最后的这颗柿子，在枝头

冬天的阳光是一条大被
冬天的风也会偷懒

与明月书

从千年大槐树上爬起来
在汉河里打捞油菜花的色彩

从荒原上刨出一丝缝隙
在荒草里兜售吴刚的蛮力

银河浩瀚，枯死的千年之木
肩扛一块干烧饼，充饥

走访,在下坝村的冬日暖阳里(组诗)

在冬日暖阳里

面对面躺着。肥硕的脑袋
像一对刚满月的双胞胎
走过它们身边时,只是哼哼几声
一动不动。任重叠的冬阳
撩拨它们的大耳朵

有人说它们真幸福。春天的时候
一根绳子就是它们的童年
一头拴在腰间一头拴在门口的小树上
冬天了,走哪儿躺哪儿。过路的人
时不时还啧啧几句

世俗的那个概念啊
一年的好光阴
在下坝村的词条里微笑

鹅卵石

留守在下坝村的河床里
爬满苔藓的半截身子，裸露的部分
背着下坝村的冬阳，晾晒
月黑风高夜的狗吠

老磨坊

就是下坝村的高龄老奶奶。蜷曲着
风雨侵蚀的身子，层层剥落
百年褪色的裹脚
白森森的三寸金莲啊，下坝村

旋转了百年的老水车不知去向
流淌了百年的老堰渠不知去向

没有水车的老磨坊
就像没有牙齿的高龄老奶奶

在冬日的暖阳里
守护着下坝村空洞洞的巢

家

家就是屋檐底下住着一头猪
而在这个院子里没有猪
老村长指着满院子的蒿草说
老鼠钻进去都哭出了声,那个伤心

村里八十多岁的二爷爷不止一次
在老磨坊前说过这话

只有过年的时候,这个老光棍才回家住几天
比镇政府干部的春节假还准时

走访,在下坝村的冬日暖阳里
因户施策或者精准滴灌,老村长说

如果有头猪那该多好
……

他在不停地鼓掌

当我们走进下坝村时,二十二岁的他
怀揣五千元人民币
紧追着西装革履的二舅
走进传销公司的颁奖会场
家里急需钱。母亲卧病在床
媒人传话来的天价彩礼

在我们谈论起已经去世的母亲
和那个天价彩礼时,他和二舅
正在那个颁奖会场
使劲地鼓掌。那个
手捧奖杯和鲜花佩着绶带的少年
正被两个穿着旗袍的礼仪挽着
长枪短炮,在他羡慕的目光中闪烁

在我们谈及传销公司的真实面目时
七十多岁的老父亲指着身后
不停地给我们鼓掌的他

长长地叹了口气：十四年了
他母亲都走了债务却依然还在

在下坝村小学

粗糙的手指落在练习册上
落在练习册上涂满墨水的部分

面对面两张课桌一双乌溜溜的眼睛
给我们苦涩的笑容有了翅膀的心事

五十多岁的表情，把羞涩
紧紧地握在粗糙的手心

村民居住零散，孩子都去了镇上或者县城
感谢这四个学生让我还有工作可干

仿佛城镇化进程中失去土地的农民
在楼林之间挤出的一缕阳光中微笑

冬天,死气沉沉的那抹黄

冬阳开始爬墙了,面色苍白
像小时候缺奶的小男孩
幽怨中,拖着小木棍紧跟在爷爷的身后
放下手中的锄头,把那双旧球鞋
垫在屁股底下。坐在地埂边的叔父
接过我递给他的兰州香烟说

那个大崖底下的小土堆就是。其实
一百万元够了,就是再也没有
一个十五岁的娃

一百万元堆砌的小土堆,这一年
将会是丰盛山终身的疼。我的叔父
一边瞅着满坡的油菜一边叹着气

发生在前几天的这次矿难
土堆之外,缺雨的油菜
泛着这个冬天死气沉沉的那抹黄

2016 年 12 月 20 日

十三个学生一堂课（组诗）

川地小学仅仅是一个符号

川地小学并没有在川地村
而是在川地村的山梁上
前后七八个小山村，这个山梁
就是一个圈心。村长说
这是帮扶单位的领导和前任镇长钦定的

学校的铃声一响，前山后山的村子
就开学了
学校的国旗在孩子们甜甜的歌声中降下来
前山后山的村子，一个星期天又来了
那时，前山后山的村子都能听到大人呼唤孩子
的声音

如今，川地小学
那面国旗升上去就再也没有降下来
锈迹斑斑的旗杆，再没有听到孩子们甜甜的歌声

仅有的四个教师,轮流
守护着四个年级的十三个学生
和紧锁着的几个空空的教室
当班的教师掏出一支香烟递给镇长
并掏出打火机,表情严肃,如数家珍
帮扶单位捐赠的教学器材
课外书籍、远程教育设备
还有二十台学生电脑
都整整齐齐地堆放在这里
我们一样都没有动

2012 年 11 月 30 日

十三个学生一堂课

黑板一分为二
左边是二年级的归类识字教学
右边是一年级的整体认读音节
教室后边的黑板上写着两行生字
不知是几年级的第几课
十三个学生

四个年级的十三个学生

一个趴在桌子上正在酣睡
睡梦中笑得很是甜蜜
一个手提一块砖头正在修理他的小板凳
额头的汗珠顺着他鼻尖流下来
他就伸出袖管轻轻一抹
一个吊着鼻涕小男孩
拿着同学的作业本抄得
很认真
一个女同学，头伸在桌仓里
仔细缝制着她的小沙包
一些更大的同学，在院子里在教室里
玩猫抓老鼠的游戏
满头满脸的灰尘
一双双水汪汪的大眼睛
告诉我们，当班的教师在午休

这是在二〇一二年春天
一个阳光明媚的下午
我们走访川地小学时候的情景
偌大的校园，标准的教室

十三个学生和一个正在午休的教师

2012 年 11 月 30 日

房檐下的那个电铃,就是麻雀的避风台

挂在川地小学房檐下的这个电铃
黑色的防锈漆已被铁锈蚕食的不堪一击
那清脆悦耳的铃声,不知
什么时候,走进前山后山的村子里
一去再也没有回来
只留一个空壳,成为麻雀的避风台
晴天雨天
瞅着十三个学生和一个教师的算术题

挂在川地小学房檐下的这个电铃
上课或者下课,都与它没关系
当班的教师,只用一个手势
十三只麻雀就起飞了

2012 年 12 月 7 日

速写,小村幼儿园

三间留守的老房子
瞅着土地爷金碧辉煌的大瓦房
甜甜的儿歌
瞅着早春祥和的袅袅炊烟

没有围墙没有操场
没有木马山羊蹦蹦床
两张床单布,挡住
风言风语
一块胶木板,读出 AOE

小村漂亮的小阿姨
一支灵性的小竹竿。轻轻地敲响
木板和水泥墩墩制作的小课桌
十二个土眉土脸的小花猫
齐声回答:要坐端,小眼睛,看黑板

日复一日。雨天

在自家的土炕上想着幼儿园
晴天，在幼儿园想着
比远方还远的爸爸和妈妈

2013 年 4 月 26 日

阿西娅

后院的围墙重修了
校园里的小菊花也开了
孩子们正在做课间操
阿西娅抱着小羊羔
跟着她的羊群
一步三回头。秋天了

阿西娅，又抱着一只小羊羔
先前的那一只
和我五年级的学生，一同
去了山下的镇上。阿西娅

来！和她们一起做课间操

嗯！等等我
等小羊羔长大了我就来

这一等就等了二十个秋

2017 年 9 月 10 日

水殇（组诗）

炸窝了

风雨侵蚀，历史的铜墙铁壁
在黎明之时轰然倒塌
巨大的响声，一颗定时炸弹
在沉睡的小山村
在二〇一五年十一月十九日爆响

圈里的牛羊惊厥了，屋顶的瓦片移动了
窗玻璃破碎了，睡梦里吃奶的婴儿哭了
小山村的人和狗炸锅了

山鸡临空，早醒的野花打了几个摆
小山村的电话打了几个摆
村长和镇长打了几个摆

年老的尾矿库溃坝了

听到这一消息。有人双臂抱住
惶恐的心。有人一屁股坐在地上
点燃一支颤抖的香烟,想起儿子
夏收回家,和他煮的罐罐茶

——这个尾矿库迟早是我们的麻烦

溃坝的尾矿砂,就像冲出牢狱的囚犯
沿着爆满的小河床
排泄它们禁锢了四十年的横欲
潺潺动听的小河,瞬间被胁迫着
声嘶力竭。大呼小叫
祖祖辈辈喂养的爱怜

找不到回家的路

一泻千里啊!沿岸三省数百万人
空气中弥漫着征讨的声音
大小网站挂满了蒹葭河狰狞的面孔

大小网站一同发声，引导
抢购矿泉水的人们

预警在第一时间上报到了镇政府
预案在第一时间上报给了最高行政长官
预案在四十年前就逐级论证
逐级签字画押。而今天，预案

就像一个中年丧妻晚年丧子的孤寡老人
耳聋眼瞎，被岁月
丢弃在村庄的阴暗角落
找不到回家的路

挽救良知的河床

所有的装载机、挖掘机、压路机、翻斗车
还有塑料布、编织袋、救灾帐篷
就像穿军装的年轻人。一夜之间
从不同方位奔赴蒹葭河上游
几千条支流啊。堵源截流

十公里一个指挥部一个责任人
一道铜墙铁壁一道生死军令状

二十四小时,军令状就高悬在
堵源截流的大坝上,就高悬在
挽救良知的河床上

清理泄漏在蒹葭河床上的尾矿砂
擦洗蒹葭河两岸布满阴霾的天空

时间就是生命

三天两夜。蒹葭河上游的几千条支流
就像暴风雪之后的绵羊
温顺地挤在一千多公里的河床上
咀嚼冬天的暖阳。各种颜色的编织袋
挖掘机、装载机、翻斗车、小型拖拉机
昼夜不息,睁大眼睛
寻找最后一粒逃跑的砂子

真的。时间就是生命

在蒹葭河的下游。一个声音
不停地在河床里回荡
焊接，堵源截流的大坝

冬天的草苗晃动着蜷曲的身子
溜达的羊群，瞅一眼急躁的人们
又走向厚草深处。一个牧羊人
怀抱他的长鞭
诅咒一句吸一口旱烟。深冬的河床
风声越来越近。凌晨十二点

凌晨十二点准时泄洪。坚守好
各自的阵地。坚决不能溃坝
沙哑的声音在不停地呼喊。此时
已是二〇一五年十一月二十一日
随着沙哑的声音
焊接在堵源截流的大坝上

2015 年 12 月 20 日

这些年

第三辑

这些年除了钱,好像什么都是闲事

这些年（组诗）

炕大着呢

午夜回来，门依然留着
我揣紧翻滚的酒气，靠窗
远远地躺下。尽可能
离父亲远一点，再远一点

离家之后，再也没有
在家睡上一夜。半夜醒来
感觉依然靠窗睡着
月光，是那么的坏

那夜，父亲翻了一下身
像是自言自语，像是说梦话
——炕大着呢
第二天清早

父亲喊我一起煮罐罐茶
偌大的老屋
紧煨炭火的陶罐,时不时
溢出,父亲昨夜的那句话

2018 年 11 月 19 日

父亲哭了

梨木供桌,腊汁猪头,烛光在滚动
檐下赶路的游神,回了回头

木炭火,罐罐茶,陇南春酒
两个孙女煨火打吨,一个在值守

父亲哭了。湿透了除夕夜
堂前高坐的先人,香火说灭就灭了

收拾好酒罇,心也就碎了。三个孙女
依次给先人磕完头,又虚长了一岁

2018 年 11 月 20 日

那一刻

遇酒就醉。父亲
攥住送他回家的乡邻
反复问：服不服，服不服
不服就找县长去告

胆量大过酒量的父亲，堵住
刚刚上任的村长，掏出兰州牌香烟
一脸规矩说：你家的娃
也考上了北大
村长，一脸茫然
……

那一刻，我听着村长的电话
无法掩饰，内心无用的恐慌

2018 年 11 月 22 日

那些风干了掉下来的树枝

那些风干了掉下来的树枝
父亲逐一捡回家。二十年如一日
守护,每一个冬天
自从母亲走后
自从我们把土地送给亲戚以后
父亲就把每一天劈成一小段
一段一段置放在院子里
按个大小,不停地劈
……

把一天劈成十二个时辰
把一个时辰劈成两个小时
把一个小时劈成六十分钟
把一分钟劈成六十秒
再一秒一秒码放整齐

从大到小或者从小到大
有一根掉落了,都要捡拾起来
犹如我小时候脱臼的骨骼,父亲
只需一把,就放还到原来的位置

这些捡回家的木柴,和那些
私人订制的电饭锅,电饭煲
电炒锅,电饼铛……
相比。木柴里有他更需要的东西
斧子怀揣月光,木柴彻夜不眠
脱臼的骨骼,越走越远的亲情
谁从我们的身体里偷走了什么
父亲,就把它
在木柴里——找回来

    2018 年 11 月 29 日

雪

二狗娘去世了,小勇妈回来了
从北京
带了一张自动升降的床
翻身、喂饭、换尿不湿
小勇爸就容易多了。大花嘞
一个人拉架子车

把腰椎给整断了。从西安住院回来
一直在说糊涂话

这三个人
一个比我小两岁，一个比我小一岁
一个比我大两岁
父亲一边捣鼓茶罐，一边比画
村子里，这个月的人和事
七十四岁的父亲，瞅了瞅
窗外的雪说：尽是一些棺椁瓢子
只能扫开一条路，家家
在院子里堆着
……

雪还没落下呢，北京、上海、西安的
电话、视频、语音
就厚厚地落了一院。这些年
除了钱，好像什么都是闲事

2018 年 12 月 10 日

父亲,给那弯新月上了锁

院门打开,新月
已爬上了邻家的房檐。父亲说

刚刚完工的四合院
红砖瓦房。父亲绕着转了一圈

后面跟着叫坨坨的田园犬
我不解地看着父亲。他说

一家人都去了上海
村子里还是有不学好的人

父亲一边说一边把院门关上
并给那弯新月小心地上了锁

坨坨

风在树枝上打盹,雪在院子里逡巡
坨坨瞅着桌子上弥漫的膻味
父亲说:早上吃的红烧肉,还惦记着

桌上的手抓。这个小东西
鬼得很,门外的冬青树下
一直埋着它吃不完的骨头

坨坨是蓉的影子,上大学之前
把它领回家,一步不离
跟随着父亲。母亲去世的早
偌大的院子,只有它
驱赶院子里的麻雀
父亲煮茶,它侧耳倾听茶水的声音
父亲田里劳作,它田间追扑蝴蝶
我们回家,它围着小汽车
把小爪子搭在车门子上。一年半载
无论是大哥还是小妹
无论是北京还是兰州,概不陌生

坨坨是一条田园犬
不大。孤寂的父亲烦躁了
直接从后腿上提起来
丢到大门外。等到父亲呼唤
才摇着小尾巴,把脸贴在父亲的裤管上
一副委屈的样子

父亲七十四岁了,易怒
抽空回家,一言不合,回头
把手中的东西砸向坨坨:我都没人管
你还高兴啥。坨坨眼帘低垂
拖着尾巴,远远地逃到院子外

每次回家它跑前跑后,比父亲高兴
每次离家它远远地跟在身后
双耳低垂,比父亲难过

磨刀的声音

从进入房间的那一刻,就感觉
那个声音的存在

早出晚归,一次又一次问妻子
她只是低着头
忙前忙后

一直叛逆的女儿更加怪异
仿佛三十年前的我自己:看看

这就是一把好钢刀

2014年4月

三　哥

上次打电话来是七月。半年了
这次打电话，他小心地问我
开会没有？我心不由得一惊
自从母亲和舅父相继去世之后
我们之间的电话就少了
上次打电话，我正在会议室
我去一次他打一次……如此几次之后
就再也没有打来电话

今天是庚子年正月初三啊
我小心的回答他
在家过年呢。他说：那就好。
听说县城里也确诊了
你们一定要注意。二〇〇三年的非典
你们一家把我们都吓着了
听着他的叮嘱，眼前瞬间浮现

妻子奔赴非典一线，五岁的女儿
向我要妈妈的情景

我摸出一支香烟，摇了摇头
北京严重吗
他轻松的告诉我：电视上紧张
我就守着自己管理的这段马路
有垃圾扫一扫，没垃圾
躲在汽车背面，刷一下村里的群
儿子要考研，女儿还没毕业
……
他这次来电话的时间比较长
把这五年没说的话都说了
电话里他担心的不是舅母
九十多岁的人了
他最担心的是我们夫妻俩
大疫当前
我会不会继续下乡进村
妻子会不会继续去疫情一线

2020 年 2 月 1 日

清明，祭母帖（组诗）

一地火苗在飞

从荒凉的墓地飞起来
飞进一双空洞的眸子。一句呼唤里

火苗的叮嘱，被风吹向
谁家的紫花苜蓿地。它们
用交织的手势呼呼地脚步声
繁衍，新生的痛苦

夕阳也沉痛，面对一地火苗
转身，去寻找亲人
唯有我，如此模糊
看不清您的脸

在墓地

布谷的叫声高出墓地
墓碑下,您沉默不语

迎面扑来的山风
来自谁的一句诗。清明

这一天,雨从山顶赶过来,淅淅沥沥
布谷的叫声,一声高过一声。在墓地

整整一个下午在等一个人
但她,最终没有来

这一天的雨,只是在早晨
缓缓地潮湿了这片墓地

青黄不接的春天

您应该看见了,一地火苗
是用千万元冥币燃起来的。四十年前

小小的翅膀赶着大大的蝴蝶
踩踏,青绿的呼唤

青黄不接的春天,可以称作记忆的
或者能留给这块紫花苜蓿地的,就只有
面值十万元的一地火苗
"面值太大,奶奶被抢劫了怎么办"
母亲,孙女的担心您收好了
随时给我们打电话

我们是幸福的

挂纸条烧冥币点燃长香
把泪脸贴在墓土上。这时候

一句话都说不出
只是在心里默默地痛。母亲

一生劳动,倒下就再也没有起来
比起邻家那个喝农药自焚解脱自己的母亲

我们是幸福的,我们一个拉着一个
二十年艰难的爱着,比您预想的要走的远

就像这墓土之上的小花
总是把最鲜艳的一瓣面朝您

父亲真的很老了

儿子女儿还有孙子孙女都来了,
就像墓地里的紫花苜蓿,在清明
次第、齐刷刷泛出绿情

父亲真的很老了。一直守着老屋
说他不在,没人给您开门

父亲指着墓地旁边的一块空地
给孙女说
——这就是我的
时间不长就要住进来

明年或者后年的这一天

他一个一个给您指认

穿红颜色衣服的是谁穿绿颜色衣服的是谁
就着草叶摘露珠的是谁。他还说

别忘了,多带些纸钱来
啥地方都一样,没钱就要受苦

2014 年 4 月 5 日

五月,藻子花开^注

藻子花打山坡上滚过
一眼粉嘟嘟地白。母亲
喃喃自语……

昨夜梦见满坡满坡的藻子

注:藻子,野生草莓,陇南山区到处生长。五月开花,六月结果。花白色,果大多是白色,红色两种。果肉酸中带甜,比草莓个小,味美。向阳的山坡居多。

从小妹水汪汪的大眼睛里掉了下来
从老父亲苍老的小眼睛里掉了下来
一颗一颗，一地伤心

一九九三年的五月，一句话
都要滚爬几十公里的山路
诅咒，满坡藻子的花期。如今

藻子花开得一塌糊涂
那个叫草莓的洋荸子
满村漫过。满坡鲜嫩滴
小妹说，那东西有毒

我的老父亲
左眼不瞧右眼不看

  2013年5月7日

麦子抽穗了，母亲

麦子又抽穗了。拔节的声音

充塞着老房子的耳鼓。父亲
彻夜难眠

麦子又抽穗了
一九九三年的五月,您双目失明
彻底躺倒了
但真的听到了麦子拔节的声音
父亲和小妹,不停地告诉我
这件事情

麦子又抽穗了,拔节的声音
如同母亲躺在那年的病床上
不停地掐小妹的胳膊

麦子又抽穗了
拔节的声音如同父亲的唠叨
母亲。你想我了

2013 年 5 月 7 日

年关，上街的父亲（组诗）

除夕

年夜饭还没吃完
父亲就给军娃打电话：庙里的事儿
今晚一定看管好

外面务工回来的人财大气粗
第一炷香，谁抢上就是谁的
不要和他们斗嘴
叫他们把队排好。不排队的
把磬敲一敲，给神祇通个气

还有村子里的尕娃，最喜欢拿供桌上的供果
神祇都和尕娃不计较
你也就不要计较了
还有村子里放焰火的人
村长都不管，我们管啥

他们说是给神放焰火
其实就是抖富,抖就抖吧
上头收拾的是村长,不收拾我们这些人
遇事要冷静,多和狗狗爸商量
多和神通通气

只要神祇高兴了
再刁的人和事,也就过去了

2019 年 2 月 4 日

年初一

逐序。父亲
给我家的天、地、以及灶爷
焚香、化裱纸、奠茶、奠酒
……

听着邻家燃放鞭炮
父亲摇了摇头:要听政府的话呢

端起酒杯，父亲还在念叨
不能放鞭炮就不要放
我看了看父亲，揶揄地笑了笑
儿子问我：笑什么
有这么好笑吗？大年初一

窗外的阳光如期照进来
给我们把酒杯满上。阳光
是那么新鲜那么醇香

2019年2月5日

年初二

睡了一下午，只吃了一颗橘子
吃饭的时候不言不语

是村子里的一个电话，问父亲
——过年，咋就大门上锁了

家里的老亲戚，村里的几个老人

过年来看望父亲

父亲只吃了一点点,酒也没喝
只是吸烟,只是唉声叹气
儿子偷偷地说:爷爷明天要回老家
我给把他的身份证藏起来了

妻子看看我,我看看妻子
我俩悄悄地端起了酒罇

2019年2月6日

中秋,家事

酒杯一碰。四十年的断头路就打通了
父亲看着酒杯中的弟弟
叔父看着酒杯中的哥哥
爷爷和奶奶就从眼睛里涌了出来

小脚的奶奶用茶壶煮过挂面
不知道饺子是谁家的孩子

扛着牧羊鞭的爷爷,至死
都没见着走丢了的那只羊

唯有我们兄妹,在那杆长长的鞭子下
四十年从未走丢

马家崖及其他（组诗）

老水泉

深冬，水瘦山寒
老泉亦是如此。奶奶
鸡鸣到此，蹲守一桶
比清油还贵重的泉水

赶着驮队歇脚的脚户
大姐大婶呼喊了几遍。奶奶
一声不坑。低头
只是低头淘洗过年的酸菜

五十年过去了，一说到老泉水的甜
奶奶就说，她的腿还有点疼

黄家山

犁铧走过。瓦砾、响响石、憨憨的土豆
趴满犁沟
坐山庄的老黄家,一代不如一代
除了瓦砾、响响石
就只有这个叫黄家山的地名了

黄家山生长燕麦、生长土豆、生长苞谷
更多的是瓦砾堆砌的陈年旧事。整个冬天
爷爷手捂豁口的锄头
用老黄家残缺的瓦砾,擦洗
我们沾满黄土的小小脑袋

李家台

李家奶奶的三寸金莲,始终盘坐在高高的李家台
天不下雨,这一坐姿
赶集的大妈大姨,都会谈论到石峡的尽头

每到月明星稀的秋夜,李家奶奶

在高高的李家台,就高声叫骂
从一朵向日葵失窃,从几枚苹果迷路
或者从一只鸡走丢。李家奶奶
都会把全村的男人和她的三个媳妇骂遍

马家大地

紫花苜蓿放花的黄昏
蚂蚁拖走落日,蚂蚱滚动露珠
小白兔手执铜镜,夜莺手抚口琴
镀金流银的马家大地,小奶奶碰到了鬼
一团滚动的火焰,一只毛茸茸的大手

马家大地,紫花苜蓿
一夜之间花落了

在谢家湾

啼血的玄黄鸟在高高的高压线上
痛苦的母亲,手抚臃肿的腰

邻居阿姨，借着捆麦子的间隙
给母亲递一个眼神

苞谷地里水灵灵的萝卜
可以缓解一下母亲干裂的嘴唇

生产队里的妇女们，偷偷瞟一眼即将分娩的母亲
看看这个大队长的女人，怎么混到一天的工分
几个大一点的孩子，躲到麦浪深处
赌着母亲会生一个男孩还是女孩
赢家，就可以骑着生产队里的毛驴
唱响黄昏

马家崖

山鸡野兔还有野猪，开始多起来
土豆苞谷胡麻，逐渐躲出了马家崖
喊了几千年的崖娃娃
都已北漂。跑遍前山后山的媒婆
被日趋渐长的彩礼捆住了腿

我领着即将出嫁的女儿回到了马家崖
空空的马家崖,她喊了多少遍
母亲。沉默不语

2017 年 8 月 14 日

老时光（组诗）

老年画

盘腿，依然坐在
奶奶留下的木架子铁火盆前
神情沮丧一言不发。手中的茶笸
在陶质的老茶罐中不停地翻动
仿佛茶罐底部
有可以改变眼前现状的一丝银亮

黑红色的老茶水噗呲噗呲溢出罐口
再用茶笸压下去。父亲，反反复复
复复反反一直沉默着这一动作
而那个瘸腿的魏大大
神情冷漠，犹如一块铸铁。安放在
我家烟熏火燎的大炕上。等待

无可奈何的父亲狗蹲子蹲着
背靠木柜，愁眉苦脸的叔父们

记忆中,父亲欠了好多债
一到年关,那个瘸腿的魏大大
总是被什么人安放在我家的大炕上
而父亲,总是煨着陶质的黑茶罐
这场景,犹如一张老年画
四十年过去了,依然贴在
我家老房子漏风的墙上

老水渠

肩扛着老铁锨、老锄头,急急忙忙
走在回家的老水渠上。身后
背着小书包的我
哭着、喊着,总是听不见。我的爷爷

越走越快、越走越快
等待我擦干泪眼,我的父亲
肩扛着老犁铧,赶着那条瘦弱的老毛驴
走在那条老水渠上

越走越慢、越走越慢

不管我怎么喊他总是不回头
等我拿起手机，拨打他的电话时
他慢慢地抬起头，自言自语
那条老水渠已走到了尽头

老时光

垫着小村懒散的冬阳，闲暇的老时光
被一页一页揭在手中

昨天快递来的中南海香烟
紧紧地叼在嘴上。留守的老牛九

掀起午后的大太阳，余热
就一直在小村的脸上漫延

拥有中南海的二叔
从开始到结束，就一直没有点燃

程式化的表情。在那些老牛九面前
像小时候过年才可以穿的那件新衣裳

只为支撑脆弱的老时光

老房子

左看一眼大花猫右看一眼小黑猫

加上它们，应该是三个。她说

七十多岁的贱人，就是身子骨好
女儿出嫁了儿子也入赘了，老鬼走得早

老奶奶说到这里，转过身子低下了头
如地头孤零零的那杆枯玉米

简单的几句话，好像多吃了不该吃的东西
我的胃病又犯了

早年石块砌成的老房子覆盖着茅草的老房子
不见一根柱子也没有大梁的老房子

破旧的瓷盆里,羸弱火苗告诉我
这个老房子还有人间烟火

奶奶走在秋天的山坡上

向日葵肃穆地低下头。以一种
少有的安静,注视着奶奶

从山坡下的苹果园
一步一步,漫步走过
路边的酸枣树,坡上的蓝蝴蝶
草丛中的小红花,满坡的绵绵草。

八十六年,都是从山坡下
从春天走到秋天,从秋天走回村庄
小小的三寸金莲
一路坦然,一路芬芳

最后一次走在秋天的山坡上
小小的三寸金莲一言不发
紧跟身后的我一言不发

满坡的苞谷,满坡的酸枣花
满坡的绵绵草肃穆低头的向日葵
在这个安静的秋天,奶奶
我等你回家

2015 年 8 月 26 日

饥饿喂养的虱子,想不起长什么样

仲春晌午
攥着一团野菜的二叔,醒了

脸色菜绿的大伯
捂住饥肠辘辘的肚子
神情暗淡,翻开他的破棉袄
捉住虱子
一只一只往口里送

咯蹦,咯蹦……
虱子破裂的声音,回荡在

一九五八年空荡荡的晌午

大伯咀嚼虱子的声音
二叔攥着那团野菜的表情
依然那么清晰,依然卡在
他的喉咙里

时隔五十多年,在大伯的墓地
二叔讲给我们的故事
我讲给
妻子女儿。小小的儿子听完后,问我
虱子肉好吃吗?它长什么样

饥饿喂养的虱子
虱子喂养的大伯。二叔说
真的想不起它们都长什么样

2016 年 4 月 22 日

午夜书

当我举起空酒杯的时候,眼前
就安静下来
潮湿的苞谷杆、母亲、炊烟
灶台上摇摇晃晃的煤油灯
一个小男孩掉着泪珠儿说
娘,灶台大,我吹不着
这个时节,大多数是在深秋
阴雨连绵的日子
很难描述清楚母亲和父亲
为一根木柴拌嘴的时日

当我说到这里,你也举起空酒杯
含泪而尽
电磁炉、电饭锅、电饭煲
乡下最容易停电
身单影孤的父亲
左手扶着一截木柴右手举起斧子

这个时节,大多数是在深秋
阴雨连绵的日子

很难说清借助检修电路
什么时日才能通电。而父亲

又拎着斧头和绳子，去老林子里转悠
至于电饭锅、电磁炉、电饭煲
就像城里的儿子，只是父亲
在村子里一个响亮的标签当你说到这里的时候
一截木柴
已被父亲一劈两半
倒向两边的木柴就像两具尸体
一个是你一个是我
伴随着倒下的
还有一个
空酒瓶一样空空的夜晚

在小村

第四辑

与时俱进的小村,早婚的早
从一株苹果苗上
举起拳头

与乙未年书

三月,秩序之花开出墙外。村村生火户户冒烟
香气四溢的祁山大地,车水马龙

四月,冰雹落地,待放的花蕾落地
丰满的苹果树枝,流产的农家少妇泣不成声

青黄不接的五月,一脸倦容一脸不解
母亲,十八年的漂泊,就此了断

六月,玄黄鸟嘴角啼血,西山的山杏
占道经营。眼瞎耳聋吧,都不是
一具木乃伊坐着霸道车,唱着经年的歌

七月,如火如荼。奶奶的三寸金莲
走过秋天的山坡。妹妹骨瘦如柴,弟弟面无表情
满坡的小菊花,八十多年一如既往的黄

八月,柳条如瀑。儿子阅读,女儿网恋

蟋蟀爬上妻子的眉
九月，多家新闻媒体，报道着一件事
病了。汉水两岸的苹果病了，诗人病了

十月，敦煌大雪如席。医治
八千里路云和月。一张返程的动车票
在朋友圈火了

十一月。去看一位老中医，谈到了
扁鹊和蔡桓公，谈到了兰仓古城的顽疾
区别是，他不会逃我也不会死

文火煎熬，十二月的一剂良药
乙未年
药性越来越淡

2017 年 6 月 16 日

在 高 原

小雨赶着羊群
翻过草甸凄迷的眼神

倾斜的围栏,在草甸
努力了努力,依然在努力

燕麦、青稞、蚕豆、小小的格桑花
谁是高原更为饱满的一株

憨笑或者沉默。小雨中驻足
都是高原七月的粮仓

细而长的芒。小穗的是燕麦
长穗的有几分像麦子的是青稞

至于蚕豆和小小的格桑花
是我的姐姐和妹妹

高天一样蓝,在高原

背朝草原

羊群走过的地方
草原就去了远方
远方有多远
草原就有多远
围栏围住了牛羊的四蹄
草原却疯长在了远方

细雨走过的地方,草原
就回到牛羊的身旁。远方有多远啊
围栏围住了牛羊的四蹄
长鞭却抽打着草原的念想

雄鹰飞过的地方
草原倾斜了一下残阳
雄鹰盘旋的地方
草原托起犄角的牛羊
——草原真的很美

当我喊出这句话的时候

草原就打了一个摆子

萎缩了一半

2016 年 7 月 24 日

芭蕉叶下

芭蕉叶遮住她们的身子
镜头下的眼睛
一排滚动的黑石榴在交流

那个摇晃着橡皮艇的人
一转身。手中的橡皮桨
滑落湖中

绿的桨,蓝的天,橘黄的救生衣
几只黑色的野鸭
冲天而起。滚动的黑石榴

还没钻出宽大的芭蕉叶
湖边支起画架,已铺满
野鸭剪碎的小小雨滴

与一株狗尾草对饮

现在,就该喝点酒
去年的冬天没有见到一枚雪花
春天,你等待什么
是一场阵风,一场雨

让一阵强劲的风带着你的灵魂去远方
让一场细雨把你的灵魂再次根植在我的土地上
让秦川牛午夜咀嚼你灿烂的笑容
让汗血宝马一鸣惊人,当然

这些都是去年的好事情,现在
你只需坐在我对面
彻底喝醉
喝醉了好啊,醉了
我的土地,除了生长养活人的庄稼
还生长童年的小麻雀少年的小指环
还有胡言乱语式的温暖。如果

所有的人都喝醉了
在你亭亭玉立的时候喝醉了
那该是多好的事儿啊
研制农药的人销售农药的人喷洒农药的人
还有扛着锄头的人，亲爱的草儿
满世界都是你毛茸茸的尾巴

2013 年 2 月 22 日

与荷书

一眼碧绿中,六月
次第点亮盏盏小灯笼。镜面

浮动的墨绿,绽放的光芒
还有小小的尖角。真的

一缕白金在滚动

出淤泥,不染。永恒的光芒
先知的鸭一回头

一条跃上墨绿的小鱼
翻晒小肚皮

    2016 年 6 月 10 日

墙

多少年就在墙外。穿墙术
并不是故事里的东西
墙里的你,有人说
表情和他想到的一样

他对你表情的表述,来自于儿时
学校门口兜售豌豆的那个老妪
对豌豆的表述。豌豆的成色或者大小
有着一模一样的经历。是的

墙里或者墙外,即使和你
再相处一个春秋
我依然理不清你的表情,理不清
你笑容里的春雨或者秋风

当电话铃声响起,再一次
我叩响墙上的那扇门
转动的沉重与沧桑,刚一开口

五味杂陈的表情

瞬间

就出卖了人世的无奈与可怜

秋　景

倚着玻璃窗，钻进我的眼球

餐桌上的阴影 简单的粗线条
还有你无语无色烧伤的疤痕
那都是夏天和谐的时候
缺雨的一部分。今天

相互依靠在九月的餐桌上
作为秋收的一部分
受伤的不仅仅是你
还有我的母亲，以及窗外
枯黄的妹妹

燕　子

灰暗的时光里，燕子
筑巢在一个人的檐下

燕子在一个人的檐下筑巢，这个人
就喜上眉梢。二爷爷在村头

神神秘秘反复念叨的这句话
在小城的一个小小角落，一个人
对着窗外的燕子自言自语。是的

巢就筑在檐下，燕子就在窗外滑行
像一个词语，时不时触动
这个人廉价的神经

巢一直空着。夏天就要过去了
燕子呢？二爷爷反复念叨的那句话

一定没有出处。或者就是
燕子有了更多的伤心事

2016 年 6 月 28 日

玫 瑰

对一支玫瑰的理解,最早
就是她满身毕露的锋芒。但我知道
日夜思念的玫瑰,不是
与人相赠而手留余香的那支

这些年,一直在想
那一支玫瑰已赠送于人
那一段香就留在谁的手中

有时她的存在不是与人相赠
毕露的锋芒
其实就是一块警示牌

就像此刻,站在大片玫瑰之外
灿烂地微笑
早已备好心中的玫瑰

2016 年 6 月 29 日

君子兰

他们都来过了。仅有的词语
填满了整个房间
多年未添新叶的君子兰,发出了新芽
唯一的小朋友,每天
瞅着君子兰偷偷地笑。在统办大楼

最底层的这间小房子里
茶水又续了一杯,报纸又积高了一层
窗外的四哥山,依然一动不动
那些裸露的山岩,看一眼
依然是秋天。而此时
大堡子山以东的石竹子花笑得好美
那夜以身相许的桫椤树依然如影如盖

在这间小房子里,在统办大楼的最底层
和一杯茶水相依为命的日子,我无法理清
穿梭的文件夹,表达着
多少星辰的疑虑和不安

六点之后
走出统办大楼,在朋友圈
我依旧发出一条微信
—— 一切如旧,下班回家

2016 年 6 月 30 日

一枚红叶的十月

倒挂在酥松的岩层上
山路转弯的地方,说红就红了
目光滚烫。十八年

村东滑坡钉在村东
村西滑坡钉在村西。手拉手
我的兄弟姐妹牢牢地钉在这里

言说钉子精神。在路人的眼里
在陇南以北的十月
说红就红了,说冷就冷了

冷暖过后。爬满青苔的眼睛
谁会把年少的错误
收藏在黄昏时的那页书里

2016 年 10 月 20 日

船或者渡口

细雨,打湿谁的粗布衣裳
那座小木屋,半掩的柴门。为谁
等待午夜咸咸的风

渡口,蹲着的小木船
自从弃雨而去
竹篙上系着的红丝巾
不断的余香。又一场细雨
等待,黯然神伤

细雨,打湿谁的粗布衣裳
低垂的红丝巾
渡口或者岸。船啊
半掩的柴门,千年
恍恍惚惚
鼓满咸咸的沧桑

2013年5月9日

手掌状的叶子在十月燃烧

手掌状的叶子在十月燃烧
翻越大堡子山的风,把它们
抛在身后或者卷进深冬的沟壑

燃烧的它们
感觉不到一点点温暖
不会在晚秋
因为收获而幸福的颤抖
最多说一句:看,那就是红叶

手掌状的叶子在十月燃烧
叶子之上
蜗牛在努力地爬行
赶在大雪到来之前,到达
温暖的驻地

而叶子,一路在燃烧
像头顶盖头的新娘

灯熄了，天就亮了，天一亮
燃烧的十月
它是唯一的主人

2016年10月20日

在西山

不知不觉,桃花杏花
落了。白杨树
吐出了舌头。路边
几株不知名的山花
轻轻地抬起了头。微微地笑

春天已经滑过了小城的天空
四面炙热的高楼,告诉你
今年的夏天依然煎熬

2016 年 4 月 10 日

雨季时让眼睛入眠

昨天的雨,洗白了身后的影子
温度下降,仿佛一切还是旧的
我确定在天光破晓之时
让眼睛入眠
这样,可以省下加班的费用

于是就想起我长大的乡下
温度升高时
躲在树荫里,露出凉爽的膝盖
很多年后,树下坐过的印痕还在
我却站了起来
挂在枝头的野性,却荡然无存

怎么办呢,我单薄的乡心
在氤氲的南方,被白汽缠绕
路宽楼细,只能小心地抬起头
否则,会碰到都市的屋檐

高原小镇

眼睛入眠后,慢慢醒来
声音安静,我让故乡再次出场
盘旋在我的周围,然后睁开眼
让肉身开始入睡

醒 来

伸出手,拍醒秋天
水声阵阵,挽着河流行走

就着一杯酒,喝掉掌心里模糊的年轮
厚厚的光线,是一片薄薄的叶子

安静下来,试着避开绽放的皱纹
切割一个晚上,修饰成开始的打坐

推开背影,成为空荡的人
天空明亮,你燃起的风,挂在枝头

舀起一个早晨,继续渺小
和看不见的引力,同归于寂

是的,在描写过的以往
沟壑纵横
秋天醒了过来,轻松凋落

越来越瘦的光,提酒疾行

走散的酒,还在四处矗立
我们坐下来
等着大雪封山

秋天的叶子

沿着秋天的树叶,我们走了好久

缺雨的夏天,我们用肋骨互相支撑
烧焦的土地,汗滴禾下土
溅起的灰尘
落满苞谷蜷曲的叶子。人说

运气好的时候,靠不住的人也能靠住
而今天我打了败仗,靠得住的人啊
就像这秋天的叶子
走着走着
就只剩下一眼光秃秃的风景

2014 年 9 月 21 日

静静的黄河

昨夜的灯火
被楼群里升起的太阳赶进了黄河

昨夜里又下了一网的偷捕者
神情疲惫
狠狠地挖了一眼身后的上班族

围着石头跳藏舞的
都是一些汉人,只是喜欢藏服而已

省第十三次什么会
在会展大楼前的广告牌子上,已隆重召开了
代表的名字还在文件里传阅

传说中的羊皮筏子
我在酒店的旅游宣传册里见到了

静静的黄河,非常非常的平静

不像传说中
她吞噬了好多好多的事件

2017 年 9 月 28 日

小城的月亮

从深山里走出的村妇
羞羞答答，刚刚
露出半张粉嘟嘟的脸
又被怒吼的老板
挂在吊机的长臂上
彻夜不眠

    2016年4月18日

烟 囱

救治了大半年的烟囱
开始喘气了。犹如谁家的老妪
在灶塘口卖力地吹

从黄金大厦看过来
东西南北,四根通天的烟囱
患着同一种病。时断时续

大半年的时光啊
小烟囱取缔成了大烟囱
大烟囱托举着摇摇晃晃的云

十一月十五,巡视的雪花扑面而来
通天的烟囱,将边城。牢牢地钉上
二〇一八年的光荣榜

2018 年 11 月 16 日

给一个伤者寻找良方

涛哥说,他的伤是自己伤的
刀,是在他的指令下刺入的

二十多年,西医中医
江湖郎中的偏方,都已医过

没有伤筋没有动骨。半夜里
我把刀架在良心上试了试

能架住一把刀,也能流出血来

2017 年 10 月

遗 书

它一把揪住我的心
说，把他的作业交给老师
他偷的东西，藏在鸡窝里

是烧烤店的老板，不让他活
"妈妈，你要好好的活下去
活到幸福。就像我来到你的身边"

十一岁的背影，一把竹制的小锯条
歪歪扭扭，穿透
一页薄薄的纸背

2017 年 5 月

梦或者一场车祸

尘土漫过来,掩埋了路人的心
两辆小小的小汽车
视线,模糊一片

我的脚呢,腿总是那么短
飞驰的小汽车总有它难以预想的速度

大呼小叫,还是在那一段路上
我够不着刹车板。尘土落定

胆战心惊地打开车窗
两只小小的甲壳虫,伸了伸腿
在我身后

2015年3月8日

风渡船,那年事

再一次刮起来,船
就开始倾斜了
一滴千年的泪,彻底打湿了往事

亲爱的。一起唱着的那首歌
一起讲着的那个故事
真的古老了。三十年

依然想拉着你的手
在村口,在我们的渡口
放渡那一只纸船。还有
听不懂歌词的那首歌

五 月

麦子拔节的呻吟,就蹲在地埂前
发酵的阳光,很晃眼

扶一支油菜花过来,遮挡阳光
遮挡美人缺憾的念想。在西秦岭以西

油菜花敞开怀抱的村庄,春天
总是迟到一步。
麦子拔节的呻吟,在五月

在油菜花泛滥的山坡
揪心的疼,是游子
无法说出的应答

幸　福

年过半百的人，一抬脚
就踩到了小村的幸福。伸出手

满山的幸福就在女儿的手心里
漫过来。不露神色。真的

幸福很简单，一抬头
就映在了脸上。一低头

一低头，就围着小村
私语窃窃

在小村

核桃树上低垂的核桃纽，青嫩的岁月
和一锅苞谷面，把童年养大

准备怀孕的野草莓，在童年的枯叶上
与一朵小花结伴而行二〇一五年的春天

二〇一三年秋天定植的苹果苗
就粉嘟嘟地笑出声来

与时俱进的小村，早婚的早
从一株苹果苗上
举起拳头

2015年5月2日

与弟书

雪安静了好多。不像前两个时辰
一路呜咽。让小城的哭泣
沙哑无力

压抑的人群。天塌地陷般的雪事
一夜之间冒出这么多面孔
恍惚间,又在那个群愤疾呼的打麦场上

雪安静了好多。哭泣的脚印
被无边的雪事覆盖。安放在你坟头的花圈
熟悉的名字,在扭曲,在模糊

模糊的泪眼中,你依然
在给我絮叨灾后重建的那些事儿
依然和我并肩走在漫天的大雪中

2018年2月1日

一切安好

推门而入，血丝丝的眼睛里
鼓动着昨夜的暴风雨

你站在门口，沙发上散落大大小小的笔记本
夹杂着昨夜落魄的七八支兰州香烟
用手臂扶了扶昨夜的委屈，蹲下身子
帮我拣拾散落的工作记忆

十四年就这样扎成了捆
你一边扎一边给我说

昨夜的暴风雨已经过去了，一切安好
这是二〇一一年七月十四日的永兴

时隔七年后的二〇一八年一月二十六日
我站在旷野的大雪中，你却长眠在了雪下

2018 年 2 月 1 日

用诗意"日志"呈现心灵景观
——驰子先生诗歌作品简评

赵琪伟

与驰子是多年的挚友,一直以来总能在各类纸质媒体和网络平台第一时间看到他的新作。作为一名曾与老百姓摸爬滚打在一起的乡镇干部,他坚持用一首首带着生命体温的诗篇,为山水留根,为乡民守魂,给自己逝去的青春"脚注"。这种执着和坚持,本身就充满着诗意。

任何人的文学作品总会凸显作者独特的情感体验。这些年,驰子把自己"根植"于广袤的乡土中间,在别人司空见惯的平凡乡间事物之中,记录草根人群的日常生活。他的好多诗作与在小镇"做官"经历或体验有关,小镇是他诗歌创作的精神希望,从诗集《小镇记事》到《高原小镇》,他的作品更像一份精心填写的"工作日志",字里行间渗透着一个基层公务员的

"家国情怀"，全方位呈现了自己的心灵景观。

驰子写给亲人的诗作比较多，有给爷爷和婆婆的追忆，有给父亲和母亲的絮叨，有叙述乡情回忆往事和想起老槐树下打盹老人的。他的诗歌始终没有离开乡村生活的大背景，在他的笔下，庄稼生长，山花盛开，牛羊嚼草，鸡鸭啄食，亲人忙碌在二十四节气里，春种秋收、饮茶喝酒，一切显得朴素而平静。"大黄叶子紧紧包裹着草坪"，"小雨赶着羊群／翻过草甸凄迷的眼神"，"在固城，牛羊、河谷、野鸡、家鸡、黑猪／撂荒地、老者，春天的脚步／一切必须慢下来"。"当归、大黄、蚕豆……长出了叶子，草坪的女孩就有了名字／牦牛、黄牛、山羊、狗、猪……爬上了草甸，草坪的男孩就有了名字／雨过高原，满眼都是／喊它们／回家的声音"。这些经过精心"打磨"的意境，透出浓郁的人间烟火气息。

里尔克说："你所看见的和感受到的，你所喜爱的和理解的，全是你正在穿越的风景"。驰子的诗总能将我们带入他创作时的"情境"，有很强的"在场感"，看他给自己诗作取的题目：在高原、在小镇、在小村、在西山、在谢家湾、在下坝村小学、在巨坪村、在固城、在祁山崀梁、在祁山古镇、黄家山、李家台、马家崖、马家大地、去三峪、过草坪等，这些可能与他朝夕厮守亦或擦肩而过的沟壑峁梁、山泉溪水、草木花朵、飞禽走兽、家畜家禽、小镇村落和乡亲父老，在他灵魂深处尽情展现云卷云舒、花开花落。

驰子善于把自己融入社会底层，用诗作不厌其烦但很有节制地宣泄内心深处的善念，引我们走进乡村生活，与他一同感知百姓的冷暖。"对老百姓而言／等待冬天，就是等待一场雪／将内心深处的那片麦田濡湿"，"在草坪。鸡、猪、牛、羊／都是幸福的"，"只要神祇高兴了／再刁的人和事，也就过去了"。"酒杯一碰／四十年的断头路就打通了"。乡村生活和乡村事理琐碎而具体，但这些谨慎内敛的抒情朴素干净，读来瞬间打动人心。

我一直推崇驰子不断"降低"高度、修正自我的写作姿态，他一直努力地以当家人的视角记录时代，用生活的小切口映射身边的"大世界"。他的好多诗作就在记述老百姓的事，说安全人饮工程、中药材种植、精准扶贫、易地搬迁、定点帮扶、天价彩礼、留守儿童、尾矿库溃坝事件等，他的《乡镇府大院》《吃空饷是多么美好的事儿》《一个失忆的人在大街上自言自语》等作品直接替老百姓"说话"，其中浸透淡淡的忧国亲民情结，是在诗歌频道上对"以人民为中心"思想的诠释，诗眼不大，但精神很辽阔，微言中蕴藏人间大义。他不单是歌者，更是智者和无时不在的思考者。

驰子在距离祁山堡不远的永兴镇"驻守"了十三年，之后，又"坐镇"祁山五年。一位诗人在如诗的年华与三国文化胜地祁山堡在生命里相遇相随，既是诗人之幸，也是祁山古堡之幸。当年他奔袭于"催粮要款""刮宫引产""迎来送往"的忙碌之余，始终没有忘记打坐参禅，修仙悟道，借景生情，写以祁山堡为题材的诗作。"无事就上祁山堡／抽烟，晒冬阳，数汽车""千年的历史。打开／是祁山堡的春天／合上是春天的祁山堡"，乡政府大院里的办公楼正对着祁山堡，"从镇政府三楼看过去／祁山堡更像一个偷窥者。极尽可能／想知道镇政府内心的事儿"。发放通行证的文管员小独，声音甜甜的导游员小梅，捡拾烟蒂和纸屑的文管员老马老安以及眼盯着签筒和塑像"高深莫测"的道长老何，都出入他诗作里，人神共居，极具韵味。常言道：立地三尺有神灵，神灵栖居的祁山堡无疑成为他的精神家园，正如他说："在祁山堡上，对神或者对人／我不敢凭空杜撰"，这里传递出的正是一种当下难得的敬畏之心。

　　文章千古事，得失寸心知。诗歌对现实的处理不是删除、复制和改写，而是呈现、抵达和唤醒。驰子在这点上非常清醒，他的诗作也不乏对人情世故的"担忧"。"这些年／除了钱，好像什么都是闲事。"就连清明祭母时都借语传言，"别忘了，多带些纸钱来／啥地方都一样，没钱就要受苦"，"一个错误掩盖另一个错误／滋生下一个错误"，这些浓缩在一首诗里的句子足以使喧嚣的世界变得寂静无声。

　　诗歌是根植在世人灵魂家园里的庄稼，这种高贵的作物始终需要爱的滋养。正因为驰子心中有叫作人间大爱的资源，笔下才会有源源不断的诗情流出。记得诗人张执浩说："写诗就是要成为最好的人"，这应该也是他这些年来努力写诗的"初心"。

　　其实每个人心中都有一片值得一生守望的精神高地，驰子选择与诗歌相伴并一路跋涉至今，对缪斯的不离不弃期盼结出更加绚烂的果实。

2019 年 12 月 20 日

赵琪伟：陇南市委党校副校长，陇南评论家协会副主席